集英社オレンジ文庫

映画ノベライズ

ハニーレモンソーダ

後白河安寿
原作／村田真優　脚本／吉川菜美

本書は書き下ろしです。

Contents

映画ノベライズ

ハニーレモンソーダ

レモンソーダみたいだって思った。

石森羽花《いしもりうか》は、海風に冷やされたウッドデッキへ座り込み、その人の後ろ姿を見つめていた。

真っ白な雪雲の下で昨日まで賑《にぎ》やかに電飾を輝かせていたクリスマスツリーは、撤去《てっきょ》作業の最中だ。その中を颯爽《さっそう》と去っていく男の子——。

刺激物みたいなレモン色の髪。

凜《りん》とした背中。

圧倒的な存在感。

……憧れた。

私はいつも下ばかり向いていた。心を閉ざしていた。息を殺して石のように小さく身をかがめていれば、傷つかない。何も感じない。

でも、心のどこかで望んでいた。

変わりたいって。

ぐっと両手を握りしめると、手の内にあったパンフレットがくしゃりと歪む。『八美津《はちみつ》高校』と上部に大きくプリントされた紙面では、ブレザーをおしゃれに着こなした男女四人の学生が明るい笑顔を浮かべている。

ここへ入学すれば何かが変わるかもしれないと。

だけど。

本当に変えたいのは環境じゃなくて自分自身。

少しでも君に、近づきたい。

sparkle1

レモンソーダ

春──そよ風に誘われて空を見上げると、そこには今を盛りと咲きほこる桜のカーテンが下りていた。

優しい風に揺すられるたび、陽射しをまとって煌《きら》めく花びらが舞い降りてくる。

辺りの地面は春色の絨毯《じゅうたん》を敷いたように色づいていた。道端に生い茂る黄緑色の柔らかな草むらには小さな花が無数に咲き、どれも薄紅《うすべに》色の帽子をのせている。

小鳥たちがさえずる穏やかな朝、八美津《はちみつ》高校の校門前では鳥たちに負けず劣らず甲高《かんだか》い女子生徒たちの声が上がっていた。

「来た来た」

「今日もかっこいい」

視線の先にいるのは、男女四人組。つい一週間前に入学したばかりの一年生ながら、すでに校内でも話題になっているグループだ。

「界《かい》くん、顔めっちゃキレイ」

　ふわっと揺れる金色の髪の男子は三浦《みうら》界。レモンのような髪色は、校則が緩《ゆる》くて有名な八美津高校の中でも珍しい。だが、それ以上に目を引くのは整った容姿だ。すらりと背が高く、華やかな顔立ちをし、そこにいるだけで存在感が際立《きわだ》っている。

　彼は女子らの熱い視線をまったく気に留めていない。手にしたレモンソーダのペットボトルでトントンと肩を叩き、無表情に前を向いている。

「高嶺《たかみね》くんも、ヤバ！」

　横を歩くのは高嶺友哉《ともや》、さらさらの黒髪をなびかせ、どことなくミステリアスな雰囲気《ふんいき》を漂わせた美男子である。

「おはよう」

「きゃー、かっこいー」

　ギャラリーに塩対応の界とは対照的に優しげな笑顔で挨拶《あいさつ》を返す。辺りには黄色い悲鳴が響き渡った。

「瀬戸《せと》くんもかわいいよね」

「あゆみちゃんはオレのな」

　イケメンながら、かわいいという表現もしっくりくるのは瀬戸悟《さとる》。明るい茶髪に大きな瞳をくりくりと輝かせる彼の横には、きりっぱなしボブの髪をゆるやかになびかせる小顔の美少女、遠藤《えんどう》あゆみがいる。

全員がもれなく華やかで、人込みですれ違ったとしても間違いなく二度見をしてしまう印象的な集団だ。

いつの間にやら男子生徒も集まり、うわさ話に花を咲かせている。

そんな中、明るめの髪色に制服を着崩した男子生徒が彼らの前へ進み出た。脇には二人の体格の良い男子を侍《はべ》らせている。

「おい三浦、あんま調子乗んなよ」

威圧感のある声が響く。周囲の華やかなざわめきは止み、怯《おび》える空気が落ちた。

彼らはどうやら生徒たちから恐れられている上級生グループらしい。中央に立つリーダー格の男子のみならず、取り巻き二人もまなじり鋭く顎《あご》を上げ、界につっかかる。

「なんだその髪の色は?」

「オレらより目立ってんじゃねぇよ!」

「……」

界は眉《まゆ》一つ動かさない。意図の読めない瞳でじっと彼らを見つめ返す。上級生たちは怒りを募《つの》らせ顔を赤くした。

「なんだてめー」

「そうだぞ！　まずその黄色い髪の色をだなぁ」

そのときだった。界がペットボトルを振り出した。無言のまま蓋《ふた》を回すと、ぷしゅっと小気味のよい音が立ち――

「おわ!!」

上級生らへ向けられたペットボトルの口からは、勢いよく白い泡状《あわ》になった中味が噴き出した。

……いったい何が起こったのか。

通学路の端を目立たぬように背をかがめて歩いていた石森羽花《いしもりうか》は、一瞬のうちに甘酸《あまず》っぱい香りに包まれた。

もっさりとしたミディアムボブの黒髪が濡れ、前髪を伝ってぽたぽたと水滴が垂れる。頬《ほお》の上で炭酸がむなしく弾けた。

どうやら、界がぶちまけたレモンソーダはすんでのところで的《まと》に避けられ、代わりに羽花が被害を受けたらしい。

（高校入学して一週間目にジュースを思いっきりかぶるなんて……鈍臭《どんくさ》い私）

「……あ」

思いがけない事態にも、界の整った表情はほとんど動かない。

「オッオレら知らねー！」

焦った上級生は捨て台詞《ぜりふ》を吐き逃げていく。集団の中からあゆみが顔面蒼白になって駆けてきた。

「大丈夫⁉　誰かタオル持ってない⁉　ちょっと謝んなよ、界！」

なんと、話しかけられてしまった。おまけに心配までしてくれて。

（どどうしよう）

「ごめん」

慌てまくって固まっている羽花に、あっさりとした界の謝罪が追い打ちをかける。

（三浦くんが、すごいこっち見てる）

「……ご」

喉《のど》の奥からかすれ声が漏《も》れた。

まっすぐな瞳に射すくめられると、いたたまれなくなって……頭が爆発してしまう。

「ごめんなさいっ」

かろうじて聞き取れるくらいの小さな声で謝り、一目散にその場から駆け出した。

「ごめんなさいって、こっちが……。ていうか、あの人なんか見たことある。デジャブかな」

あっけにとられて目を丸くする悟にあゆみがかぶせる。

「バカ！　同じクラスだよ。名前は……石森羽花ちゃん」

「石森羽花……」

界は記憶の糸を手繰《たぐ》り寄せ、確認するようなつぶやきをこぼす。逃げていく羽花には聞こえていなかったが。

「……あああ、タイミングよく横切ってごめんなさい……」

今までの学校生活でいい思い出はあまりない。中学生のときのあだ名なんて『石』だった。

高校からは明るく楽しく毎日を過ごしたいと……まだ、ただ思っているだけの段階だ。

（逃げてきちゃったよ。こういうところなんだろうなぁ）

私はどうやら他人を不快にさせる……らしい。

頭を抱えて廊下《ろうか》を進む。本当は走り出したいくらいだが、廊下は歩かなくてはいけないものだ。じたばたしたい衝動を胸へ押し込め、早足で教室へ向かった。

その日の夜。

羽花は鏡の前に立って鏡面を覗《のぞ》き込んだ。

まっすぐにカットされた前髪の下から、感情の乏《とぼ》しい大きな黒目がじっとこちらを見据えている。昼間見た華やかなクラスメイトたちのきらきらしさはそこにない。

（人前に出るとどうも表情筋固まるなぁ……）

このままじゃダメ。

八美津高校へ入学が決まってから決めたのだ。

四月の目標は『おはようと言う！』

「おはよう」

声に出してみる。しかし、能面のような顔では台無しだった。これでは呪いの言葉だ。

意識して口角を上げてみる。

「おはよう」

さっきよりはましになったかもしれないが、やはりどこか不自然だ。あゆみや友哉は瞳を輝かせて明るく言っていたはず。

「おはよう。おはよう」

もっとにこやかに。もっと親しみやすく。

角度を変え、声の調子を上げ下げし、自主練習を繰り返す。

明日こそ頑張ろう。

だって……三浦くんと話せたことが、すごく嬉しかったから。


挨拶《あいさつ》の練習は翌朝も続く。

「おはよう。おはよう」

自転車で登校中も、校門をくぐって昇降口へ向かうときも、廊下を歩くあいだも、羽花はずっと一人で繰り返していた。

気合を入れすぎて早く来たから他の生徒の姿はまだない。教室にも一番乗りだ。

(でも、チャンスかも?)

机にカバンを置き、すっと息を吸う。

「……お、おはよ」

だめだ、声が裏返ってしまった。もっと大きく。はっきりと。思いっきり深呼吸して、もう一度。

「おはよ――」

言いかけたと同時、教室の扉がガラリと開いた。

ふわりとあたたかい風が吹き抜けた気がして、思わず目を細めた。太陽の光を背負って輝くレモン色の髪が現れる。

(み、三浦くん……!?)

誰もいない教室で一人で挨拶していた羽花は、間違いなく不審人物だった。

(消えたい……)

どす黒いオーラに包まれて下を向いた。そのときだった。

「おはよう」

聞きやすい低音の挨拶が返ってくる。

今のは誰に言ったのだろう。

教室には羽花と界しかいないのに。

「シカト?　石森さん」

(──私?)

「いや、完全シカトだし」

「あ、ち……違……」

うろたえてうまく言葉が出せずにいると、界の足音が近づいてくる。

あっという間に目の前までくると、背をかがめてぐっとのぞきこんできた。吐息がふれるほど近い距離から、有無を言わせぬ調子で告げられる。

「はい。リピートアフターミー、『お』」

「……お？」

「『は』」

「は」

「『よ』」

「よ」

「『う』」

「……おは、おはよう！」

あまりに自然に促してくるから、思わず必死に口を開いていた。

「うん、オウムか」

にこりともせず、かといって呆《あき》れたふうでもない。

（おはようって……おはようって、挨拶できた。三浦くんに）

かーっと頭に血が上る。頰《ほお》が熱い。心臓が激しくはねて、口から出てきてしまいそう。

「はよー」

「おはよー」

そうこうしているうち、クラスメイトたちが登校してくる。

「今日体育じゃん」

「しかも小テストあるでしょ。絶対無理ー」

（あ、あの子。昨日心配してくれた……遠藤さん）

声をかけてみたい。だけど、笑顔で他の女子生徒に挨拶しているところへ割って入るなんてできない。

どうしよう。

ためらって大きな黒目を左右へ動かした。視界の端に映ったレモン色の髪が揺れる。彼はこちらをじっと見つめていた。目が合ったとたん、彼の指が促してくる。

『はい、今！』

ちょうど羽花の隣の席にあゆみがカバンを置いた。

見えない手に背中を押されて勇気を振り絞《しぼ》る。

「え、遠藤さん……あの、おはよう！」

一瞬びっくりした目が向けられた。けれど、あゆみはすぐにまなじりを下げ、明るく返してくれる。

「石森さん、おはよー。昨日大丈夫だった？」

「あ、う、うん！」

とっさに振り返る。視線の先で界はふいと横を向く。けれども、その唇の端はほんの少しほほえんでいるふうにも見えた。

（――嬉しい）

挨拶をして、笑顔で挨拶が返ってくる。

信じられないことだった。


放課後の体育館には、女子の黄色い声援があふれていた。

「今の見た⁉　超かっこいい」

「友哉くん？」

「あー！　そっちもかっこいー」

「でもやっぱ、界くんがいちばん好き」

そこでは男子たちがスリーオンスリーに興じているのだった。

悟が投げたボールを受け取ったのは友哉だ。巧みに相手チームを翻弄《ほんろう》しながらドリブルで進み、後ろ手でパスを送る。

走ってきた界がキャッチし、二歩。軽く跳びあがるとともにシュートが——決まった！

（三浦くん……）

あまりのかっこよさに両手をぎゅっと握りしめる。

「やばー！」

「この学校来てよかったー」

女子たちの歓声がいっそう大きくなる。羽花は頑張って早くから来て最前列をキープし、固唾《かたず》をのんで試合の行方《ゆくえ》を見守っていた。ところが、もみくちゃにされていつの間にか最後尾へ押しやられていた。

人垣《ひとがき》の向こうでは、界が仲間たちとハイタッチをしている。ギャラリーの応援の声などまったく気にしていないクールな表情だ。

（……かっこいい）

今朝方、彼と挨拶を交わしたなんて嘘みたいだ。

いつだって教室のど真ん中にいる人気者の三浦くんと、隅を生きてきた私。

遠くから見つめることしかできない自分がもどかしくもあり、かといって、踏み出す勇気もなかった。

（少し冷静にならなくちゃ）

落ち着ける場所といったら、図書室。

（……寄って帰ろう）

羽花はそこで黙々と勉強し、今日も一人でひっそりと学校を後にした。


昨日のことは本当に現実だったのかな。

自分から「おはよう」と告げて、笑顔で挨拶が返ってくるなんて。

一日経ったら、再び自信をなくしていた。

「おーい、次移動だぞ」

「あ、そっか」

誰かの声かけで、クラスメイトたちがぞろぞろと教室を出始める。

楽しげに会話を弾ませながら歩く彼らの後ろ姿を眺めながら、羽花も静かに廊下《ろうか》を歩いていった。

「あれ？　石じゃん」

と、聞き覚えのある呼び名が脇の教室内から聞こえてきた。

「え、まじだ」

三人の人影が扉の前に現れる。羽花は息をのんだ。血のごとく真っ赤なカーディガンにロングヘア、吊り上がった細眉《ほそまゆ》に大きな瞳をした羽花と同じ中学出身のレミだった。彼女を挟み、頭上に小さな団子を二つ結った陽子《ようこ》と、肩よりも長い黒髪をなびかせた背の高い男子が立っている。三人は興味津々《しんしん》といったまなざしをこちらへ向けてきた。

「……っ」

思わず身体《からだ》がこわばった。喉《のど》の奥が干上《ひあ》がる。

「石、真聖《しんせい》学園行ったんじゃないん？　落ちた？」

「まじかよ！　頭の良さだけが取り柄なのに」

女子二人のからかいまじりの笑い声が降ってくる。友人らしき男子も悪乗りした様子で口を挟む。

「誰？」

「中学のときの……何？　石」

「何だよ、石って」

「アイツの中学んときのあだ名。鈍臭《どんくさ》くてボーッとしてまじジャマだっつの」

「しゃべんねぇし、表情固まってっし。おい石ーっ、つってみんなでいじってたし」

レミたちの嘲笑《ちょうしょう》と、廊下にたたずむクラスメイトたちのざわめきが混じる。

あゆみも悟も友哉も……界も、みんな聞いている。戸惑っている。

(い……いたたまれない)

一同に背を向け、走り出した。

(そうだ私、石なのに)

ちょっと調子に乗っていた。挨拶《あいさつ》一つしたくらいで、人並みになれるなんて夢みたいなことを考えて。

まとわりつく嗤笑《ししょう》が耳から離れない。

『なんかイライラすんだよね』

明確な理由なんてなく、バケツの水をかぶせられたり、体操着を隠されたりしていた。

遠回りをして、移動教室へ向かう。

ほとんどのクラスメイトが着席している中、足音を忍ばせ、誰とも目を合わさず席に着く。

授業は始まったが、気もそぞろだった。

嫌な予感が胸をよぎり、動悸《どうき》が収まらない。

……いじめっ子たちに見つかった。

これで終わるとは思えない。きっとまた、何か——。

何度も似た場面に遭遇《そうぐう》していたからわかるのだ。彼らは必ず再度仕掛けてくるだろう。今も新たないじめを思いついて、実行へ移しているに違いない。

授業を終えたときには、あれこれ考えすぎてぐったりしていた。羽花は重い足を引きずり昇降口へ向かう。

ネームプレートに『石森』と書かれた下駄箱《げたばこ》の中身だけ、空《から》っぽだった。

(やっぱり)

靴《くつ》を捨てられたのだ。実にオーソドックスな嫌がらせである。

(どこ……)

上履《うわば》きのまま、ふらふらと外へ出る。植え込みの陰や木の下へ目を走らせながら建物に沿って進んでいくと、ごみ置き場になっているプレハブ小屋に行き当たった。

引き戸を開け、いくつか並んだゴミ箱へ目を走らせる。木の葉や菓子の包み紙に混ざり羽花のローファーが捨ててあるのが見えた。

「石！」

頭上からレミたちの冷笑が聞こえる。

いじめっ子たちは、二階のベランダから身を乗り出し、高みの見物をしていた。

「ゴミあさってんの？」

「いい靴あった？」

「靴だけで済むといいな」

羽花は肩を落とし、靴を拾う。

今までと変わらない。

（……ほら、高校《ここ》でも何とも思わないよ）

淡々と埃《ほこり》を払い、校舎へ戻る。

向こうからレモン色の髪の界が歩いてきた。

でも、何も感じない。何も見えない。

うつむいたまますれ違う。

「なんかリアクションしろよ」

尖った声が背に当たる。震える唇からは小さな謝罪がこぼれた。

「……ごめんなさい」

「は？」

「今までと、同じだから。別に」

「やり返さないのかよ」

「石になっていた方がマシなんです」

考えると余計に辛《つら》くなるから、固まっていた方がいい。

「誰かに言えよ。助けてって」

ゆっくりと振り向くと、界のまっすぐなまなざしが羽花を貫く。

よどみのない凛《りん》とした強い瞳。その輝きが、私の目には眩《まぶ》しくて……痛い。

「……誰に？」

ここには私の居場所がない。

「……お前、自分のこと何だと思ってるんだ？」

「石、です」

自分で答えておきながら、喉の奥に熱いものがこみ上げてくる。たまらず再び彼に背を向けた。そのまま歩き、校舎へ姿を隠す。

真聖学園に受かっていれば、穏やかな毎日が待っていたのかもしれない。

でも、三浦くんと出会って——。

四カ月前のあの日を思い出す。

羽花は海沿いの遊歩道を歩いていた。

昨日までクリスマスムードで浮かれていた街は一変し、すれ違う人々は寒さに背をかがめて足早に歩いていく。

「！」

誰かと肩がぶつかった。よろけて手を伸ばしたら、持っていた高校案内のパンフレットが滑り落ちる。

「やだ、外で石に会っちゃった、最悪」

ぶつかってきたのはレミと陽子だった。おそらくわざとに違いない。

地べたに屈み込み、羽花は下を向いた。

「お前、真聖行くの？　超似合ってるね、くそダサい制服」

陽子の靴が、膝下丈のジャンパースカートの女子高生が写るパンフレットを踏みにじる。

耳にさわる笑い声を残し、彼女らは軽やかに去っていった。

真聖学園は同じ中学からは誰も進学を希望していないと先生は言っていた。だから、もう会わなくなる人たちだ。

だけど。

紙面から固い雰囲気《ふんいき》が伝わってくる真聖学園のパンフレットに重なって、明るい色合いの冊子が覗《のぞ》く。

自由な校風で知られる八美津高校のものだ。明るい髪色の男女が今時のおしゃれな制服を着てこちらへ笑顔を向けている。

(本当は……八美津高校に行きたいと思ってた)

身体が動かない。

本物の石になってしまったようだ。冷たい大地が足からどんどん熱を奪っていく。

と、視界の端に黄色のペットボトルが映った。

(……レモンソーダ)

つられてわずかに瞳を開く。

そこには、レモンソーダと同じ色の髪をした男の子が立っていた。左耳にピアスをつけ、涼しげな目には感情が宿らず、口を引き結んでいる。

彼はわずかに腰をかがめるとパンフレットを拾い上げた。学生服の袖《そで》で表面をさっとぬぐい、差し出してくる。

「お前のだろ」

石と化した羽花の手は動かない。ほんの少しだけ開いた唇がかすれ声を漏《も》らした。

「……私には居場所なんかない」

「……オレと同じだな」

どこか寂しげな低音が降ってくる。

(同じ？　私と……？)

意外な言葉に顎《あご》を上げると、彼は目の前に座り込んだ。八美津高校のパンフレットをパラパラとめくり、羽花と見比べる。

「こっちが案外似合うんじゃねぇの」

驚いて言葉を継げずにいれば、彼は静かにつけ加える。

「まぁ、オレも行くんだけど」

二人の視線が交差して——一瞬、息が止まったかと思った。

不思議な力に引っ張られ、心の奥に潜んでいた願望が言葉となって零《こぼ》れ落ちる。

「……変わりたい」

「俺も」

初めて会うとてもキレイな男の子は、最後にそう言うと立ち上がり、背を向けた。

目が離せない。

レモン色が見えなくなるまで瞬きを忘れて見つめていた。

それから二カ月後、合格は確実と言われていた真聖学園の入学試験に挑んだ羽花の手は、あの冬の日とは別の意味で時を止めたみたいに動かなかった。

そして羽花は――、晴れて八美津高校の門をくぐることになった。
(三浦くんは覚えてるはずなんてない)
一方的に知っているだけだ。
(でも、私にはあれが全てだった)
「変わりたい」
声に出してつぶやく。
音にしたら、妙に現実味を帯びて感じられた。
……きっと乗り越えられる。
思い立ってコンビニへ駆け込む。
棚《たな》から黄色いペットボトルを取り出し、レジへ走った。
(レモンソーダ)
どうかもう一度、勇気をください。

翌日も、渡り廊下《ろうか》を通る羽花にレミたちは絡んできた。いじめのターゲットとの再会がよほど嬉しかったらしい。

「石ー、腹減ったんだけどー、なんか買ってきて」

「オレ、ウインナーロール」

「ほら、行けよ」

レモンソーダが勇気をくれる。

私は変わりたい。

変わるんだ。

きっと顔を上げる。目に精一杯の力を込めて正面をにらみつけた。

思いがけない反抗に、レミは声を上ずらせる。

「何のつもりだよ‼」

同時に手が出たようだ。突き飛ばされた羽花は廊下に尻もちをつく。

騒ぎを聞いた野次馬たちがあちこちの教室から顔を出した。それがますますいじめっ子たちに火をつける。

「マジむかつくこいつ」

三人の激高を浴び、青ざめた。

(あ……怖い)

喉《のど》の奥が引きつる。

周囲のざわめきが大きくなる。六本の手がおどろおどろしく伸びてくる——、そのときだった。

「何やってんの？」

恐怖で凍りついていた羽花の目が見開いた。

（この声……三浦くん？）

「大丈夫ー？」

場にそぐわない友哉の明るい声もする。

すたすたと回り込んできた界が目の前に屈みこんだ。レモン色が静かに揺れる。

「ほら。言えよ。昨日のこと」

——『誰かに言えよ。助けてって』

まっすぐな瞳が刺さる。

（でも……）

動けない。言葉が出てこない。ただ小さく喉を震わせた。

「あー、またかよ。うぜ。はい、『た』」

呆《あき》れた声に再び促され、ようやく唇が開く。

「……た」

「『す』」

胸がつまる。

助けてくれる人なんて誰もいないと思っていた。だけど。

「たすけて」

あの日から、私には三浦くんが全てで――。

涙が溢《あふ》れ、視界が滲《にじ》む。

「よくできました」

鮮やかに彼が笑う。初めて見る優しいまなざしをしていた。

乱れた黒髪を軽く二回撫《な》でられる。彼は立ち上がってくるりと振り返り、成り行きに茫《ぼう》然《ぜん》としていたレミたちへ鋭い視線をぶつける。

「おい、そこのブスとブサイク」

「は!?」

「次こいつに何かしたら、オレが許さねぇから」

静かな怒りを秘めた宣言には、相手に有無を言わせない迫力があった。レミたちは舌打ちをし、目配せし合って去っていく。

目頭《めがしら》が熱い。鼻の奥がつんとして、喉もとから嗚咽《おえつ》がこみ上げてくる。

袖《そで》で顔を覆《おお》い、泣き声をかみ殺す。

気配で界が背を向けたのがわかった。

「もうそうやってうずくまって泣くのやめろ。邪魔だから」

（え……？）

彼の言葉が頭の片隅に引っ掛かり、腕を下ろす。

まさか、彼も覚えていたのだろうか。

私の背中を押してくれた冬の日のことを。

――いや、そんなわけない。こちらが一方的に覚えているだけだ。あの日、羽花の人生は大きく変わったから。

「……ごめんなさい」

「謝るなって」

そっけなく吐き捨てながらも、振り返った彼の瞳はぬくもりに満ちていた。

「助けてほしいときはオレを呼べ。飛んできてやる。オレね――空を飛べるんだ」

胸にあたたかな光が差してくる。彼のくれた優しさが凍《い》てついた蕾《つぼみ》を溶かし、ゆっくりと花びらがほころんでいく。
石森羽花、高校一年生春――呪いが解《ほど》ける。
そのレモンソーダで。

sparkle2

石森係

日に日にあたたかさを増していく陽気のもと、校庭の桜はすっかり黄緑色の柔らかな葉に覆《おお》われていた。

窓辺に立って目を閉ざすと、どこからか甘い花の香りが漂ってくる。胸いっぱいそれを吸い込んでから、羽花《うか》は背後を向いた。

昼休みの教室ではクラスメイトたちが席をつなげたり、スマホを眺めたりしながら弁当を広げている。

そんな中でレモン色の髪は机にぴったりとくっついていた。睡魔に抗《あらが》えなかったらしい。

「ふふ……」

眺めていると胸の奥がくすぐったい。

「あゆみ、そのイヤリングどうしたの?」

隣の席へやってきた悟《さとる》が明るい声を上げる。

「うん。昨日見つけて」

「さくらんぼ？」

彼女の耳もとには真っ赤なイヤリングが揺れている。

（本当だ、かわいい）

「かわいいじゃん」

まるで羽花の心を読んだように悟が声にした。

座っているあゆみの耳もとへぐっと顔を近づけ、吐息がふれるほどの距離でまじまじと見つめている。

「あ、うん」

悟の瞳にはさくらんぼしか映っていない様子だが、あゆみの頬《ほお》はかーっと赤くなる。

（あれ⁉　遠藤《えんどう》さんって瀬戸《せと》くんのこと……？）

もしかして二人はつき合っているのかもしれない。改まってたずねる勇気はないが、いい雰囲気《ふんいき》なのはわかる。

（すごいなぁ……）

感心しながらカバンを開けた。

（それに比べて私は……）

──『あー、またかよ。うぜ』

界《かい》の呆《あき》れ声が脳裏《のうり》に響く。

たぶん、迷惑がられている……。

いや、それでも。

同じ空間に存在してくれているだけで幸せだ。それ以上は何も望まない。

黒い弁当箱を取り出し、机に置く。すると、横から話しかけられた。

「石森《いしもり》さんも、一緒に食べない？」

見ればあゆみが女子生徒らと机をくっつけている。

「え」

食べる？　一緒に？　そこで？

「た、食べたい！　です……」

思わず立ち上がっていた。あゆみはそんな挙動不審な羽花を素直に受け入れてくれる。

「こっちおいでよ」

椅子《いす》をつめ、一人分のスペースを空けてくれた。

信じられない事態に、右手と右足が同時に動く。

「すみません……こういうの初めてで」

弁当箱を開く手が震えてしまう。

ふと見ると、あゆみの手もとには可愛《かわい》くカットされた野菜やカラフルなおかずが詰まった丸い弁当箱がある。

「わぁ！　可愛い人はお弁当まで可愛いんですね」

思わず歓声を上げる羽花に、あゆみは謙遜《けんそん》して首を振る。

「そんな。石森さんのだって――」

なにげなく覗《のぞ》き込んできた彼女の瞳が見開かれた。

飾り気のない四角い弁当箱には、煮物や焼き物といった茶色いおかずが並んでいたからだ。

「え、これ精進《しょうじん》料理⁉　それともダイエット中？」

側にいた悟が驚いた調子で加わってくる。

「悟！」

あゆみに肩を叩かれて、悟は首をすくめる。そんな賑《にぎ》わいが楽しくて、羽花は思わず笑ってしまった。

「石森さんて、なんでこの高校きたの？」

「え」

「めちゃめちゃ頭いいでしょ」

「あ、あたしも気になってたー」

悟の問いかけに、あゆみも便乗して輝く瞳をこちらへ向ける。

こんなふうに休み時間に友達と話している自分に驚きながら、おずおずと告げる。

「……あの、憧れで」

「憧れ？」

「通ってる人がみんな楽しそうで、一番自由で、でも健全で」

いつの間にか友哉《ともや》も近くに来て耳を傾けている。

緊張で箸《はし》をつかむ手に汗がにじむ。

「私、中学の頃……いじめられてたんです」

周りの弁当を食べる手が止まった。

みんな聞いてくれている。だから、ちゃんと伝えなくちゃ。

一言一言を大切に紡《つむ》いでいく。

「友達なんか一人もいなくて、学校を楽しいと思ったことなんてなかったんです。自分を石だと思ってれば傷つかなくて済みました。でも、ある人が気づかせてくれたんです。私本当は、変わりたいんだって。それで……」

顔を上げれば、いくつもの瞳が羽花を見守ってくれていた。

机に突っ伏している界の耳さえ、こちらに向いている気がする。

「くだらない小さな夢かもしれません。でも、叶えたい。この学校ならきっと、普通の高校生活を送れるんじゃないかって」

「普通の高校生活？」

悟に軽くたずねられ、少し考え込む。

私が思い描いていたのはたぶん、こういうことだ。

「友達と放課後寄り道したり、おしゃべりして月が出るまで帰らなかったり」

「お泊まり会したりね！」

笑いまじりであゆみがかぶせてくる。羽花にまでその明るい笑みは伝播《でんぱ》する。

そう。今までの私と正反対な毎日を送りたい。

いつの間にか場は和《なご》やかな雰囲気で満ちていた。


口髭《くちひげ》を短く生やした担任の阿部《あべ》が帰りのホームルームへやってくる。

「席替えすんぞー」

「まじで!?」

「やったー」

生徒たちのざわめきを背に、担任は黒板へ座席表を書いていく。

(えっ、ちょっと待って。私、遠藤さんにまだ言ってないことが)

しかし、羽花の決意がつかないうちに教室内はざわめきに埋もれてしまう。

「はーい、番号引いて」

誰かが即席で作ったくじ引き箱が回ってくる。

(三……)

教卓の目の前の席だ。

(遠藤さんは?)

慌てて姿を探すと、背後から悟の明るい声が聞こえてくる。

「お、あゆみの隣? ラッキー」

見れば、彼らは最後尾で隣合わせの席になったらしい。あゆみは嬉しげに目もとを赤く染めている。

「どいてどいて」

しかし、次の行動をのんびりと考える暇はない。羽花は賑《にぎ》やかな移動の渦《うず》に巻き込まれ、最前列へ押し出された。

新しい席にカバンを置いてため息をついたところで、右隣に長身の影が立った。視界の端に揺れるレモン色に、身体《からだ》が硬直する。

（まさか、そんなことが）

界は椅子を引きながらぞんざいに告げてきた。

「隣、お前か」

「……ごめんなさい」

思わず口走ると、彼の語調が強くなる。

「いちいち謝んな」

「……っ！　ご」

「あぁ⁉」

「ごっ、ごぼう！」

弁当のおかずの残像が奇妙なほど静かに辺りを支配する。

「……ふざけてんだろ、お前」

「……違います」

「ごぼうって何だ、ごぼうって」

「わかりません」

「お前が言ったんだろ」

背後で誰かが盛大に噴き出した。振り向けばそこには腹を抱えた友哉がいた。

「石森ちゃんの世話係だね、界は」

言って、羽花の左隣へ荷物を置く。

「よろしくね」

どうやら最前列のど真ん中で、界と友哉のあいだの席らしい。リア充に挟まれた地味子《じみこ》だなんてまるでギャグだ。

（……右にも左にも向けない）

真ん中がこんなので本当に申し訳ない。両側から精神がごりごりと削《けず》られて骨だけになってしまいそうだ。

「石森さん、優等生なのにそいつらに挟まれて大丈夫？　席替わる？」

後方の席から悟が気づかいの声をかけてくる。

「あ……」

「いいよ替わんなくて」

緊張で声が出せずにいると、代わりに界が答えた。

（なんで？）

クラスメイトたちも不思議に感じたらしい。教室内にざわめきが生まれる。

何か羽花が言うべきなのかもしれない。気が急《せ》いて両手に力を入れる。

だが、やはり界に先を越されてしまう。

「こいつ、ただの優等生じゃなくて実はスゲーから。仲良くしたらいいことあるかも」

「え⁉」

とんでも発言に硬直する羽花にかまわず、周囲はどよめきたつ。

「おー、仲良くするよー！」

「石森さん、やっほー」

ノリのいい男子たちが声を上げると、あちこちから似たような声が飛んでくる。

（ど、どうしよう……）

おろおろしながら口を開くが、「や…」まで言えたところで言葉がつまる。

進退きわまった羽花は、無言でぺこりと頭を下げた。

「会釈《えしゃく》‼」

「うける！　石森ちゃん」

さらには右隣から、ぶっと噴き出す音も聞こえる。

見れば界は眉《まゆ》を下げ、見えなくなるほど目を細めて満面の笑みを浮かべていた。

（三浦《みうら》くんが……こんなに笑って……）

頬《ほお》が熱い。頭から湯気が出そうだ。

「どうするのが正解ですか？」

上ずってたずねると、界はいつもより高い声で答える。

「やっほーっつっときゃいいんだよ」

「……や、やっほー……」

頭はパンク寸前ながら、消え入りそうに言ってみる。再び界は盛大に噴き出して机へ突っ伏した。

「ええ⁉」

困惑しきる羽花に、左隣から助け船が出される。

「界、あんま石森ちゃんからかうの、やめてあげて」

からかわれていたのかと納得しかけたが、界はむくりと起き上がって告げてくる。

「いや、からかってねぇよ。今はそれでいいから、ゆっくりクラスに慣れろ」

その目には励《はげ》ます光が灯っていた。

「実はスゲーって言っちゃったオレに恥《はじ》かかせんなよ」

強い瞳がすっと正面を向く。

「隣で見ててやるから」

口もとがうっすらとほころび、歌うように問いかけられる。

「友達百人できるかな」

「……つくります」

「言ったな」

この席は——魔法だ。

背筋を伸ばし、確かな声で答えた。

「言いました」


ホームルームの終わりと共に、羽花は大急ぎで帰り支度《じたく》を調えた。

とはいえ、全科目の教科書にノート、参考書、辞書やプリントなどを取りまとめているとどうしても時間がかかってしまう。

（遠藤さんは……？）

ぱっと振り返る。最後列の彼女の席はやはり、無人になっていた。

(待って。私、どうしても言わないと)

転びそうになりながら駐輪場まで走り、自転車にまたがった。彼女の後ろ姿を目指して全速力でペダルを漕《こ》ぐ。

(見つけたっ)

勢い余って通り過ぎてから、慌てて急ブレーキをかける。タイヤから火花が散りそうだがなんとか停まった。

「石森さん⁉　どうしたの？」

自転車ごと引き返していき、瞳をこぼさんばかりに見開いているあゆみへ前のめりで叫ぶ。

「遠藤さん！」

「はいっ」

「私と友達になってください‼」

言えた！

ほっとすると同時、今度は急激に不安が襲いかかってきた。

あゆみのぽかんとした顔が追い打ちをかける。

「え？」

……ダメだった？

たった一回お昼を一緒に食べたくらいでこんなこと、あつかましいと思われたかもしれない。

気の抜けた風船のようになってぼそぼそとつけ加える。

「席が離れてしまいましたが、私と友達に……」

（……怖い。断られたらどうしよう）

「もう友達じゃないの？」

身構えていた羽花に、呆《ほう》けた声が投げかけられる。

「…え？」

「え？」

「……え？」

見る間にあゆみの頬が赤らんでいく。

「友達だと思ってた！　ちがうの？」

「そう……なの？」

今度は羽花が目をぱちくりとさせる番だった。互いに大きな瞳で見つめ合い、やがてあゆみがふっと口角を緩《ゆる》めた。

「そっか、石森さんにはこういうのちゃんと言わなきゃ」

小さな手が伸びてきて、ハンドルを握る羽花の手を包む。あたたかな熱が胸を焦がした。

「友達だよ！」

「……っ」

「えへへっ、羽花ちゃんって呼ぼー！　羽花ちゃんもあたしのことあゆみって呼んでー！」

――幸せなことが、何度も起こる。

「はい！」

世界は私の想像をはるかに超えて煌《きら》めき始めていた。


雲の上を歩むような心地で帰宅した羽花は、自室の机に向かう。

引き出しからスケッチブックを取り出し、ぱらぱらとめくった。だいたいが植物ばかりで埋め尽くされている中の白紙のページを開く。

『友達百人』

中央にマジックの太字で五月の目標を書いていく。

さっそくできた友達を思い出すと、嬉しさとこそばゆさで口もとが緩んでしまう。

鉛筆を持ち直し、次のページには笑顔のあゆみを描いてみる。その隣にほほえむ悟、それを優しげに見つめる友哉、そして――輪になって談笑する界を描く。

（……楽しそう）

端っこにもっさりとした黒髪の自分をつけ足してみる。

違和感しかない。

いっちょまえに笑顔で描いてみたのがよけい悲しい。

でも……。

――『オレね――空を飛べるんだ』

力強い界の言葉が勇気をくれる。

大丈夫。明日も頑張ってみよう。

○☆○

学校帰り、界は友哉と悟と連れ立って海沿いの道を歩いていた。

海岸へ視線を向けた悟がゴムボールのように弾んで言う。

「オレちょっと加わってくる！」

見れば、子どもたちがサッカーボールを蹴《け》っている。

「混じっても全然違和感ねぇな」

防波堤に寄りかかる界の横に友哉も並ぶ。

夕暮れ近い薄橙《うすだいだい》色の水平線へ目をやっていると、友哉がふいに言った。

「界に従順だよな、石森ちゃん」

「迷子になっているとこ、ちょっと声かけたら、異常に懐いてきたんだよ」

軽く受け流す。友哉は、なるほどねとうなずいた。

「親を初めて見たひな鳥みたいな」

「あー、まぁ」

そんな感じに近いだろう。迷える子羊は行く道を示した界へ、神を崇《あが》めるまなざしを向けてきた。

「あの子に声をかけたのは、界だけだった。あの子にはそれが全てで、それ以上でもそれ以下でもない」

それがどうしたと聞き流していると、とんでもない問いかけがくる。

「石森ちゃんは恋愛対象に入るの？」

「入んねぇわ」

額に青筋を立てて即座に答える。

「石森ちゃん、オレ、かわいいと思うよ」

「っ」

ほとんど感情を宿すことのない瞳がわずかに見開く。界の珍しい表情を見てか見ずか、友哉は唇を軽く尖らせてうそぶいた。

「まぁ、女の子はみーんなかわいいけどね」

「……」

廊下《ろうか》にへたり込んで涙をこぼしていた羽花がまなうらに浮かぶ。

──『助けてほしいときはオレを呼べ。飛んできてやる。オレね──空を飛べるんだ』

界の言葉に彼女は顔を上げた。情けないほど眉《まゆ》を垂らして真っ赤な目をしていたのがゆっくりと見開かれ、澄んだ光をとどめて揺れた。モノクロで描かれた花が色彩を取り戻し、香りを振りまいて、こぼれんばかりに咲いたのだった。

「……ごめんごめん、おまたせ！」

一段落して悟が戻ってくる。

「運動になった？」

「オレ、大活躍だったし」

友人二人は軽口を叩きながら歩き出す。あとをついていく界の脳裏《のうり》には羽花の表情がいつまでもこびりついていた。

だからだろうか。

夜更けのバイト帰り、真っ暗な部屋のテーブルにコンビニの弁当を置いた瞬間、いつになく寂寥《せきりょう》感に囚われたのだった。

○☆○

友達百人。

とはいえ、翌日からすぐ行動へ移せるほどの勇気はない。

昼休みになり、羽花は各々《おのおの》自由におしゃべりしたり外へ出ていったりするクラスメイトたちを何気なく眺めていた。

席を立ちあがった界は右から左から話しかけられ、常に輪の中心にいる。

「あれ、界がいなくなった」

「また⁉」

男子の頓狂《とんきよう》な声にはっとする。言われてみればさっきまでクラスメイトらに囲まれていたはずの姿が見えない。

「アイツたまに消えるよな」

（え、そうなの？）

知らないことばかりだ。

校庭か？　非常階段か？　と推理し合う声が賑《にぎ》やかだ。羽花もそっと席を立つ。

どこか静かな場所で過ごそうと、教室を出た。

廊下の窓から見下ろす校庭には生徒たちがあふれている。

人気《ひとけ》のない方向を目指すうち、来たことのない廊下へ出ていた。片隅に据えられたゴミ箱にレモンソーダのペットボトルが一つだけ捨ててあるのを見つける。

（あれ？）

そのすぐ傍は備品倉庫になっていた。辺りはしんと静まり返り、誰も近寄ってこなそうな雰囲気《ふんいき》に包まれている。

もしかして。

ささやかな予感に背を押され、把手《とって》へ手をかけた。

「失礼します……」

倉庫の中は雑然としていた。左右を古びたスチール棚《だな》に囲まれ、長らく使われていなさそうな本がぎっしりと詰めこまれている。

（誰もいないか）

それでも何となく引かれて、人一人しか通れないコの字型の通路に沿って進んでいく。と、ひらけた場所に誰かの足が転がっていた。

「!!」

狼狽《ろうばい》して飛びのいたら、足もとに落ちていた懐中電灯を盛大に蹴ってしまった。

「……ん？」

くぐもった声がして、その誰かが身体《からだ》を起こす。金色の髪をぴょこぴょこと撥《は》ねさせた界だった。

「え？」

「え」

驚いて硬直している羽花の目の前で、界は寝ぼけ眼《まなこ》をこすっている。

「なんでここにいんの？」

「……いや、あの」

「見つかったの初めてだわ。すげぇな」

褒められたのかと勘違いしそうになるが、彼はただ眠そうに目をしばたたいているだけだ。

「……三浦くんはここで何を」

「昼寝」

あくびをしながら当然とばかりの即答を返してくる。

彼は使い古された毛布の上に座り、辺りの棚には鏡やポータブルファン、どこかの鍵《かぎ》などの私物が置かれている。まるでここは彼の秘密基地のようだ。

(少しびっくりしたな)

もの言いたげな目をしていたかもしれない。訝《いぶか》しげな界に訊かれる。

「何?」

「三浦くんっていつもみんなに囲まれてるイメージだったので、意外というか」

正直に答えると、彼は押し黙る。その瞳から感情は読めない。

(……なんか、何者なんだろうな、三浦くんて)

いろんな顔があって目が離せない。

(でも、簡単に知れるわけないか)

羽花はもう一度倉庫をぐるりと見渡した。

「なんか落ち着きますね、ここ」

「埃臭《ほこりくさ》いだろ」

「いえ、こういう場所の方が、本来の私に近いので……」

ぎこちない笑いを浮かべて肩をすくめる。

友達と他愛《たわい》ない話で盛り上がったり、寄り道して帰ったりなんて明るい高校生活は、自分には高望みなのかもしれない。

ふと視線を感じた。見れば、界の瞳がまっすぐこちらへ注がれていた。とたん、心臓が早鐘を打ち始める。

「過去のお前がいるから、今のお前がいるんだ。どっちも本当のお前だろ」

変わりたいって思っていた。

今までとまるで正反対の自分になりたいと。

そのためには過去を消さなきゃって。

だけど……あの頃の私をすべて忘れる必要は、ない……？

「『くだらない小さな夢』全部、オレが簡単に叶えてやる」

羽花の夢——。

以前、昼食をとりながらあゆみたちに告げた話だ。あのとき界は机に突っ伏して昼寝をしていたはずだが……どうやら聞こえていたらしい。

(三浦くんが、叶えてくれるの？　私のために？)

そんなことを言ってくれる人は今までいなかった。

「……どうして？」


「オレは石森係だから」

静謐《せいひつ》な瞳で見つめながら、悪戯《いたずら》めかした言葉をくれる。

(待って、ちょっと)

昨日からいろんなことがいっぺんに起こりすぎて整理できない。

――夢は見るだけだった。描くだけで精一杯だった。

でも今は違う。

きっと叶えられる、そんな気がする。

(石森係……、三浦くんが)

胸の奥がきゅんと締まるような、それでいてあたたかい心地に満たされる。

(この気持ち……なんだろう)

人づきあいが下手《へた》で、友達もいなかった羽花には想像もつかなかった。

昼休み終了を知らせる予鈴《よれい》を聞いて、羽花は界と共に教室へ戻ってきた。

二人の姿を見たあゆみが飛び出してくる。

「界ー！　どこ行ってたの？」

「うん」

「いや、うんて。返事おかしいよ」

悟や友哉もわらわらと集まってくる。

「絶対どこいるか言わねぇんだよ」

「石森ちゃんも一緒だったん？」

迫力に押されて羽花は黙ってしまう。

「なんで消えんのかだけ教えて！」

すがりつく悟に界は冷ややかな目線を送る。

「四六時中他人といると疲れる」

（え!!）

ぎょっとして目を剝《む》いてしまった。

最悪にも羽花は昼寝を邪魔したのみならず、居座ってしまったのだった。

置いてけぼりをくらってよほど寂しかったのか悟は唇を尖らせている。

「なんだよー、石森ちゃんはいいのかよ」

「うん。石森は無機物だから」

(え……?)

石、だからだろうか。

「石森ちゃん、界どこいたの?」

ひょいと覗《のぞ》き込んで友哉がたずねてくる。

「あ、」

つられて口を開いた羽花の肩を、大きな手がぐっと押さえてきた。反動で壁際に追い込まれ、間近から界が見下ろしてくる。にっと口角を上げたかと思えば、人差し指を唇へ当てる。

悪戯を仕掛ける子供のような瞳で「しー」と促された。

その瞬間、ずくんと心臓が大きく跳ねる。

胸の奥から甘酸《あまず》っぱい想いがこみ上げた。

(これ……ハニーレモンソーダの味)

高鳴る胸を押さえて界を見つめる。

(足もとがふわふわする)

まるで背中に羽でも生えたようだった。


放課後、羽花はいつも以上に帰り支度《じたく》を急いで教室の後ろの席へ走った。

「あゆみちゃんっ、一緒に帰ろう!」

唐突《とうとつ》すぎてびっくりさせてしまった。けれども、あゆみはすぐに瞳を輝かせてくれる。

「いいよ。寄り道して帰る?」

「うん!」

二人は足取り軽く学校を後にした。途中のコンビニでスナック菓子を買い、通学路の坂道から外れた人通りの少ない階段へ向かった。

二人並んで石段に座り、お菓子の箱を開ける。

なんだかちょっといけないことをしているようで胸がときめく。そんな羽花に横から思いがけない問いかけがぶつけられた。

「ねぇ、羽花ちん、もし違ってたらごめんね。あの、もしかして、羽花ちん、界のこと好き？」

「！」

手が中途半端な位置で止まる。

（好き――、好きって、私が、三浦くんを⁉）

とたん、熱湯をかぶったみたいに一気に頰《ほお》が赤く染まった。心臓が早鐘を打ちはじめ、口から飛び出してきそうになる。

（これ……この気持ち。そうか、私……）

甘苦しく胸を締めつける感情の意味を初めて悟る。

（私、三浦くんのことが好きなんだ）

まるで自覚はなかったが、傍《はた》から見ればわかりやすいリアクションだったろう。察したあゆみは強いまなざしを送ってくる。

「――うん。全力で応援する」

自分のことのように気迫のこもった口調で、拳を握りしめながら言ってくれる。

軽く眩暈《めまい》がした。

こんなふうに真剣になってくれる友達がいる。

いまだかつてない喜びが胸を焦がした。

「……ちょっと厳しいかもしんないけど」

だから、慌ててつけ加えられた弱気な言葉も笑顔で受け止められた。

「あは！　知ってる！　……あの、あゆみちゃんは、瀬戸くんと？」

今度はあゆみが手を止める。

「……バレバレ？」

「つき合ってるのかなぁって」

「全然。完全にあたしの片想い」

眉《まゆ》を吊り上げ、真っ赤になって否定してくる。

「幼馴染《おさななじみ》なんだよね？」

「悟は超鈍感だから。子供の頃から中身そのまんま。でも好きなんだよね」

きまり悪そうに照れているあゆみを見ていたら、胸の奥がうずうずした。

「私もあゆみちゃんを応援する！」

「ありがと」

眉尻を下げてへにゃっと笑うと、あゆみは羽花の肩へ寄りかかってくる。

ほほえましい。

（でも……）

好きな人と同じ場所に立っているだけうらやましいとも思う。

（いっちょ前に何思ってんだろう）

日に日に違う感情が生まれる。

sparkle3

元カノ

七月の目標は『みんなで赤点回避』。

羽花《うか》は迷いに迷った末、無難なワンピース姿でサドルにまたがり、海沿いの道を急ぐ。

「石森《いしもり》！」

軽やかな自転車の音と共に男声が追いついてくる。

賑《にぎ》やかな模様のアロハシャツにジーンズを合わせた界《かい》がそこにいた。

（私服だ……）

そわそわしながら自転車を降りる。界も隣まできてから自転車を降り、車道側を歩き始めた。

「休みの日までオレたちの勉強につき合わせちゃって悪いな」

「全然大丈夫です」

むしろ楽しみで今朝は早く目覚めてしまったくらいだ。

「お礼に何かないの？　ほら小さな夢」

――簡単に叶えてやる。

――オレは石森係だから。

そう告げてくれたあの日の優しいまなざしを思い出す。気分がふわっと高揚《こうよう》した。

「……あります」

「なんだよ」

「あれです」

通りの商店のウィンドウを指さす。

そこには宵闇《よいやみ》の寺社の境内《けいだい》が無数の竹灯籠《たけどうろう》に照らし出されたポスターが貼られていた。

「夏祭り？」

「はい」

「わかった」

彼はあっさりとうなずいてくれる。

毎年恒例の祭りは小学生のときに両親と一回行ったきりで、中学生のときはキラキラ眩《まぶ》しい同級生を見るのが怖くて家から一歩も出なかった。

「小さくないですよ、その夢」

キラキラの中に入ってみたい。短い夏のたった一度の念願だった。

「そうか」

正面を向いたままの界の口もとがかすかに緩《ゆる》んだ。


待ち合わせのカフェにつくと、あゆみと悟《さとる》がすでに席を取っていてくれた。

「界と羽花ちんはそっちねー」

促されるままあゆみと悟に向かい合う形で、羽花と界は並んで座る。

テーブルの上には教科書や空白の目立つノートが広がっている。

「ごめん、遅れた?」

ほどなくして加わった友哉《ともや》はお誕生席に収まり、期末テストへ向けた勉強会が始まった。

「羽花ちん、大変でしょ、この生徒たち」

「ううん、全然!」

「これで百点取っちゃうんだもんなー」

シャープペンシルを回しながら悟が恨めしそうに言う。

「ここは確か先生がテストに出すって言って……」

「お待たせいたしました、ご注文のガーリックシュリンプです」

「やったー、食お食お」

「羽花ちんも、はい、取り皿」

勉強はなんだかんだとあまり進まない。

だがそれでも、一緒に過ごしているだけで嬉しくなってしまうのだった。

「あゆみ?」

と、通路を通りかかった客の一人がこちらへ声をかけてきた。

前髪を左右に分け、緩く巻いた艶髪《つやかみ》を背へなびかせた少女がそこにいた。こぼれんばかりの大きな瞳は幾万の星を秘めたように輝き、黒絹のまつ毛にびっしりと覆《おお》われている。芸能人かモデルかという美貌《びぼう》の持ち主だ。そこにいるだけでいい匂《にお》いが漂ってくる気がする。

メイクばっちりで今時の女子高生を満喫《まんきつ》しているふうな友人二人と連れ立っているが、彼女は抜きんでて美しい。

「芹奈《せりな》」

あゆみが目を丸くして腰を浮かせる。

「みんないるし」

芹奈と呼ばれた少女は席を見回し、懐かしげな笑みを浮かべる。

「おー、芹奈」

「クラス違うと全然会わないね」

どうやらここにいるメンバーとは旧知の仲らしい。

彼女の連れの一人が「あ」と声を上げる。

「芹奈の元カレじゃん」

(え……、元カレ? 誰が?)

そう言った少女の視線の先には——界がいた。

(嘘……三浦《みうら》くんと……!?)

「うける」

「何してんの? うちらも混ぜてよ」

「ちょっと」

止めようとする芹奈にかまわず、女子二人は無遠慮《ぶえんりょ》なまなざしを界へ注ぐ。羽花のすぐ横からテーブルへ身を乗り出し、隣に座る界へ冷やかしじみた耳障《みみざわ》りな声をぶつけた。

「ねぇねぇ、なんで芹奈と別れたの?」

「ちょっとシカトうける!!」

当の本人は頬杖《ほおづえ》をついて窓の外を眺めており、微動だにしない。

相手にしていないだけというより、答えたくなさそうな雰囲気《ふんいき》だ。

（つき合ってたの……本当っぽい）

胸に氷を突っ込まれた心地がした。

見かねたあゆみが立ち上がる。

「ごめん、芹奈。うちら席移動すんね」

「店、変える？」

悟も同調して荷物をまとめだす。

界に無視された女子らのターゲットは次に羽花へ移った。目配せし合い、皮肉げな笑みを浮かべる。

「ねぇ、この子誰？　このグループの子じゃないよね」

「そんなわけないじゃん。マジで浮いてるもん」

たしかにこのきらきらしいメンバーの中で羽花は異質だった。的確な指摘が恥ずかしくて、花が萎《しぼ》むように項垂《うなだ》れる。

「やめな」

立ったままの芹奈は制止の声を上げる。だが、友人らの無遠慮な言葉は留まるところを知らない。

「自覚ある？　見てて哀れなんだけど」

「——おい」

界の低い声がテーブルを伝って響いたそのときだった。すっと伸びてきた細い手がグラスをつかむ。

刹那《せつな》、ばしゃんと水しぶきが舞った。

「だからやめろって言ってんだろ」

甲高《かんだか》い声が響き渡る。

女子二人は前髪からぽたぽたと雫《しずく》を垂らして口を半開きにしている。

芹奈が彼女らへ向けてグラスの水をぶちまけたのだった。

美少女の突飛《とっぴ》な振る舞いに羽花も唖然《あぜん》としてしまう。

「すげー」

「なにあれ」

周囲の客らも騒ぎに気づき、こちらへ関心のまなざしを向け始めた。

ざわめきの中心にいた濡れた髪の少女らははっと我に返ったようだ。

「……帰ろ！　くだらな！」

悔《くや》しげに足を踏み鳴らして去っていく。芹奈もカバンを持ち直し、急《せ》いた様子で言った。

「みんなごめん……私も帰るわ」

行ってしまう。羽花は慌てて立ち上がった。背中を向けかけた芹奈を呼び止める。

「あっあの！　ごめんなさい！　……ありがとう」

振り返った芹奈は眉《まゆ》を八の字に寄せ、両手を合わせて謝罪のポーズを取った。

「ううん、ほんとごめんね。あの子らが言ったの気にしないでね」

（どうしてあなたが謝るの……？）

戸惑う羽花に、芹奈は目を細めて唇を開く。

大輪《たいりん》の薔薇《ばら》が咲きこぼれるような笑顔だった。

「羽花ちゃんだよね、またしゃべろうね」

「……っ」

言葉が継げなくなる。

圧倒されてしまった。

大きな存在感を残して、彼女は去っていく。

「相変わらずだな、芹奈」

感嘆《かんたん》の声を上げたのは悟だ。

「あの子、菅野《かんの》芹奈って言うんだけど、うちら四人と中学から一緒なの。芹奈だけクラスが離れちゃったけど」

あゆみがそっと教えてくれる。

(菅野芹奈さん。三浦くんの元カノ)

よく知らない羽花のためにタンカを切れる、かっこいい人だった。

(もっとちゃんとお礼、言えばよかった)

——菅野さんは、三浦くんみたい。

芹奈の鮮烈な印象が頭から離れない。

羽花は翌日の学校でも、彼女の姿をなんとなく探してしまった。

「ちょっと来て」

廊下で、耳の端に聞き覚えのある女声が引っ掛かる。

振り向けば、近くの教室内にいた芹奈が昨日の女子らに導かれてベランダへ出ていくところだった。

心臓が嫌なふうにドキリとはねる。いじめられっ子だった中学時代の苦い思い出が胸にこみ上げた。

すっと体温が低くなった。視界がぐにゃりと歪む。

芹奈たちの姿はすぐに見えなくなった。八美津《はちみつ》高校のベランダは校舎をぐるりと取り囲むふうにつながっており、奥は死角になってしまうのだ。

人気《ひとけ》のない所へ一人で呼び出された末路は、羽花がよく知っている。

(止め……なきゃ……)

恐怖で足がすくむ。

だけど、行かないと。

菅野さんは昨日私を助けてくれたんだから。

がくがくする太腿《ふともも》を叩き、目の前の教室へ飛び込んだ。他クラス生が決死の形相《ぎょうそう》でいきなり入ってきたものだから、生徒たちは驚きのまなざしを一斉にこちらへ向けた——が、気にしてはいられなかった。

渾身《こんしん》の力を込めてベランダへ続くガラス戸を開き、外へ躍り出る。三人の姿を視界にとらえた。

「あのさー、芹奈。ちょっと調子乗ってるよね」

「とりあえず謝って。昨日のこと」

(やっぱり、昨日の……！)

しかし芹奈は項垂《うなだ》れていたりはしなかった。女子二人にまっすぐ向かい、腕を組んで顎《あご》を上げる。

「調子乗ってんのはどっちだよ」

煽《あお》るような笑みまでが息をのむほど美しい。

「な……」

女子二人は一瞬たじろぎ、そして、自らを奮《ふる》い起こすかのごとく右手を振り上げた。

「だったら、クソダサイ石森と一緒にいろよ！」

(危ない!!)

「萱野さん！」

すくんでいた足が自然と動いた。必死になって芹奈と友人の間へ身を滑り込ませる。

「萱野さんは私をかばってくれただけだから！　文句があるなら私にどうぞ！」

突然乱入した新手に、相手は意表をつかれたらしい。

「はぁ？　なんだよお前」

やや引き気味に一歩下がるのを、ぐいっと身を乗り出して距離をつめた。

「さぁどうぞ!!」

喉《のど》の奥から叫び、髪を振り乱し、めいっぱい眉を吊り上げて眼力鋭くにらみつける。

自分でも自分の行動がよくわからなくなっていた。

そんな羽花の首根っこを誰かがつかむ。

「怖《こえ》ぇよ」

「!」

金色の髪がすっと隣へ立った。

(嘘……、三浦くんがどうしてここへ?)

頼もしい手が羽花の頭にぽんとのっかる。

「『クソダサイ石森』に怒られてんじゃん。『自覚ある?』『見てて哀れ』」

彼はうっすらと口角を上げ、彼女らをまねて嘲笑《ちようしよう》まじりの台詞《せりふ》を紡《つむ》ぐ。

女子生徒らの頰《ほお》が見る間に真っ赤に染まっていく。怒りと屈辱《くつじよく》に満ちた瞳をするが、界を前にしては次の行動へ移せないようだった。

不本意そうに目配せし合い、こちらへ背を向ける。弁解も謝罪もせず、走り去っていった。

茫然《ぼうぜん》と見送る芹奈に界が告げる。

「次はオレ呼べよ、芹奈」

思わず振り仰《あお》いだ羽花の目前で、芹奈は軽く首を振る。

「いや、大丈夫だし」

「大丈夫じゃないだろ」

去りかけた芹奈の腕を、界はすかさずつかむ。

「ちょっと界。離して」

まるで寄り添うようにして言いあう二人の後ろ姿を、羽花は棒立ちのまま見ていた。

足が、動かない。

まるで石に戻ってしまったみたいだ。

(私には立ち入れない)

過去につき合っていた二人。凛《りん》として勇気があって、きらきら輝いているお似合いの彼氏彼女だったろう。

どうして別れたんだろう。

関係のないことだとわかっているのに、思考がぐるぐると堂々巡りして止まらない。

(ここは……私の居場所じゃない)

夏の勢いにあふれた空が眩《まぶ》しくて、そっとまぶたを閉ざした。

かっこよくて優しくて、サバサバしていて、活発でよく笑う、顔もスタイルも一級品の美人、芹奈。

(あんな人と、三浦くんは――)

羽花と芹奈とでは人としての格が違いすぎる。

(少しずつでも近づけると思ってた。でも、違ったな)

必死になればなるほどその距離を思い知る。

「……羽花ちん？　聞いてる？」

深い物思いから覚め、現実へ帰る。

羽花は自転車を押し、あゆみと共に下校中だった。隣に建つ商業ビルに照り返す陽射しが痛い。

「え、あ、ごめん、なんだっけ」

せっかく一緒に歩いていたのに上の空だったなんて申し訳なかった。あゆみは眉《まゆ》をひそめておずおずとたずねてくる。

「……芹奈のこと、気にしてる？」

核心をつかれて、ひゅっと喉を鳴らした。ハンドルをつかむ手に力がこもる。

「そんなことないけど」

強がりは看破されているらしく、あゆみは小さく首を振る。

「界はさ、何考えてるのかわかんないとこあるけど、誰よりもみんなのこと考えてるやつだから」

「……うん」

わかったふうにうなずきながらも、斜めに考えてしまう。

(私はみんなの中の一人に過ぎない。でも、菅野さんは違うんじゃないのかな)

――『次はオレ呼べよ、芹奈』

どんな表情をして告げたのだろう。界にとっての芹奈は今でも特別な存在なのではないか。

「あゆみ！　羽花ちゃん！」

そこへ、新たな声が割り入ってくる。

「わ、芹奈」

信じられないことに、噂《うわさ》の張本人《ちょうほんにん》が現れたのだった。

芹奈は買い物帰りらしくおしゃれなショッパーを腕にかけている。人好きのする笑顔で手を振り、軽やかに駆けてきた。ふわふわの髪が揺らめいて青空へ溶けてしまいそうだ。

「偶然だねー。今帰り？」

「そう。芹奈も？」

「うん。一緒してもいい？」

かすかに心配げな色を浮かべたあゆみの目が羽花へ注がれる。

慌てて羽花も口角を吊り上げた。

「もちろん、です」

ぎこちない表情だったはずだが、芹奈は屈託のない笑顔で受け流してくれる。

「よかった。羽花ちゃんとちょっと話したかったんだ」

「そこ、寄ってく？」

おあつらえ向きに見つけた道端の公園を指さしてあゆみが言う。

なんとなく流れにのまれ、三人は緑で囲われた園内へ吸い込まれていった。

自転車を停めてあゆみと芹奈のもとへ戻る。二人と向かい合う形で石のベンチに腰掛けると、芹奈が眉尻を下げて切り出した。

「私の友達がごめんね」

また彼女から謝られてしまった。羽花はぶんぶんと首を振る。

「いえ、大丈夫です。菅野さんこそ」

「芹奈って呼んでよ」

「あ、はい」

気さくに告げてくれる彼女は本当に朗《ほが》らかで、春の女神のようだ。

「芹奈は大丈夫なの？」

あゆみの問いかけに彼女は小さくうなずく。

「あの子ら、いいとこもあるんだよ。嫌いになりたくないし、上手《うま》くつき合ってくよ」

ふわふわして優しいだけじゃなく、凛として強い。

彼女のことを好きにならない人なんていないのではないか。

女子である羽花でさえ、ほほ笑みかけられたら心臓が止まるほどどきっとするし、その鮮やかな笑顔から目が離せない。

「それにしても、すごかったよ、羽花ちゃん」

「いえ、なんか体が勝手に動いちゃっただけで。菅野さん……芹奈ちゃんには全然かないません」

「そんなことないって」

「芹奈ちゃんはすごく強くて、素敵だなって」

「んー、私もいろいろあったから、強くなったというか」

（いろいろ……？）

首を傾《かし》げる羽花の正面で、あゆみがはっと目を見開く。

「ねぇ、それって中二のときの話だよね？　あたしたち三年で同《おな》クラになったから、あんまりよく知らないけど……芹奈がその……」

言いにくそうに語尾をすぼめるあゆみに、芹奈は眉を寄せる。

「うーん、これだけ言ったら逆に気になるか。……私ねー、物心ついたときからずっと人気者だったの」

深刻そうな切り口から出たおどけた物言いに、ぽかんとしてしまう。芹奈はかわいらしく舌を出す。

「ごめん、ちょっとそこポイントで」

「……」

「周りに人がいるのが当たり前だった。それがそうじゃなくなったのは、中二になったばかりの頃――」

聞いている羽花たちに変な心配をさせないよう気づかったのだろうか。芹奈はことさら明るく過去の辛《つら》い思い出を語り始めた。

——きっかけは些細《ささい》なことだった。

廊下《ろうか》の隅で、下着が見えるほどスカート丈の短い女子二人に囲まれて泣いている子を見つけた。三人ともクラスメイトだった。

正義感が先走り、芹奈は強い言葉で止めに入った。すると、その日を境にクラス内での嫌がらせが始まった。

『ぎぜんしゃ』

『うざい♡』

『くたばれ』

机やノートにはマジックでいたずら書きがなされていた。

茫然《ぼうぜん》とそれを眺める芹奈の背後では忍び笑いが起こる。

『首つっこむからだよね』

『自信あったんでしょ、かわいくて人気者だから』

『てか絶対巻き込まれたくない』

助けてあげたはずの女子も、芹奈と目を合わせない。

どうしていいかわからなかった。

唇を噛《か》みしめ立ち尽くす。手も足も凍りついて動かなくなっていた。

「そんなときにかばってくれたのが界だったの」

まだ黒髪だったころの界が突然やってきた。手にはぞうきんが握られている。彼は無言で芹奈の机をこすり始めた。

クラスで一番目立つ界がそうしたから、それから周りは何もしてこなくなった。

「すごく嬉しかった」

恋に落ちるのはあっという間だった。

界は芹奈が望むだけ傍にいてくれた。

彼の庇護《ひご》のもとで身体《からだ》を小さくしていればいい。すべての嫌なことから界は自分を守ってくれる。

私には、界がいればいい。

芹奈の世界はいつのまにか界一色で塗りつぶされてしまった。

姿が見えないだけで不安になった。

彼を捜して泣きながら廊下《ろうか》を走ったことさえある。

「自分で思うよりもずっと界に依存してて、だんだん弱くなってた」

ふう、とため息をついてから、伏し目がちだった芹奈は瞳を上げた。しんみりしていた空気を消し去るような朗らかな声でつけ加える。

「でもホラ、今はもう違うから私！」

「……なんで、界と別れたの？」

けれども、あゆみは真剣なまなざしを崩さない。芹奈はわずかに瞳を揺らめかせた。

「……私は界がいなきゃダメだったけど、界はそうじゃなかった」

大きな瞳には真珠《しんじゅ》のような涙が浮かぶ。それでも振り切るふうに立ち上がり、羽花の隣へ腰かけた。

「羽花ちゃん、だから私は、全然強くなんか……」

苦しい。

笑顔なのにその目はたしかにそう告げてくる。

見つめている羽花まで胸が締めつけられた。

（わかったことがある。私浮かれて気づけてなかった）

「芹奈ちゃん……今でも、三浦くんのことが好き？」

一瞬見開かれた芹奈の瞳は、すっと地面へ注がれた。眉間《みけん》に皺《しわ》を寄せ、唇だけは笑って言う。

「……ううん。好きじゃないよ。全然」

喉《のど》の奥が痛いほど苦しい。自然と羽花まで彼女と似た表情をしていた。

「……嘘が、下手《へた》だなぁ、芹奈ちゃん」

(芹奈ちゃんは、今も三浦くんのことが好きなんだ)

「待って、違うよ。だって、羽花ちゃんも界のこと……」

はっと顔を上げた芹奈は、羽花の袖《そで》をつかんで身を乗り出してくる。

「私、もう界とは無関係だから。だから羽花ちゃん……」

「好きだよ」

遮《さえぎ》って強い調子で訴えた。

いつにない羽花の張った声にあゆみも正面で言葉を失っている。

一気に告げてしまおう。

朗らかに、早口で。

「でもそれは尊敬とか憧れなので、特別だけど、あくまで人として。だから恋とか、そういうのじゃないんだよ！」

嘘をついた。

だって、芹奈ちゃんは私に遠慮《えんりよ》しようとしている。

「そろそろ帰らなきゃ。私、門限があって」

「あ、そっか。帰ろ？」

「あゆみちゃんごめん、先に自転車で行かせてもらうね。また明日」

話を続けるのが怖い。

逃げるみたいにその場を後にした。

沁《し》みる海風に目を細めながら一心不乱にペダルを漕《こ》ぐ。必死の形相《ぎょうそう》で髪をぼさぼさに舞い上がらせている羽花に、道行く人たちは振り返る。が、人目をかまってはいられなかった。

(芹奈ちゃんは三浦くんが好き……)

そしておそらく、彼も。

(だったら私は――)


家に帰り、自室の机へ向かってすっかり上がった息を調える。

ふと思い立って、スケッチブックを広げた。

観葉植物が描かれた数枚のページを繰ると、界やあゆみ、悟、友哉を描いたスケッチが出てきた。

輪になっておしゃべりに興じる彼らの端っこに、陰気な黒髪の少女が立っている。一人だけ色味が違う筆致なのはあとから描き加えたせいだが、今は別の意味があると思えてならなかった。

彼らは違う世界で生きてきた違う世界の人達だ。

(ここに描き加えていいのは私なんかじゃない)

消しゴムを取り出し、自分の分身をごしごしとこする。濃い黒色が靄《もや》のごとく広がり、羽花がいた場所には陰鬱《いんうつ》な空間ができる。

(ああ、本当に卑屈《ひくつ》だな)

こんな自分が一体どう変われるというのだろう。

精一杯背伸びして張りつめていた覚悟が、ぷっつりと折れてしまいそうだった。

○☆○

夕暮れ時の波辺では、界が友哉や悟と共に薄紅色《うすべに》に色づく波間をぼんやりと眺めていた。寄せては引いていく規則的な動きと、心地よい波の音にふわりと意識が遠のきそうになる。

「なんか最近、いっつも寝てない?」

悟の指摘に、閉じかかっていたまぶたをもたげた。

「んー」

隣で友哉がくすりと笑う。

「寝る子は育つって」

「これ以上でかくなんのかよー。あ！　界、この間、家行ったのにいなかっただろ」

「いつ？」

ぼんやりと聞き返す。悟は訳知り顔で言った。

「まぁ土曜の夜だったからさぁ、オレも気を利《き》かせて、電話とかしなかったんだけど？」

どうやら余計な勘繰《かんぐ》りをしているらしい。界はつと視線を海へやった。わざわざ説明する気にはならなかった。

素直な悟には界の態度はうまく伝わらなかったようで、輝かせた目を寄せてくる。

「ねぇ、もしかして界って、芹奈とヨリ戻した？」

二人の温度差を見かねて、友哉がため息をつく。

「悟……お前はホントに何もわかってないな」

「え？　そうなの？」

「界は一貫してずっと一人しか守ってない。まぁ各方面に限りなく誤解は与えてるけど」

さすがに友哉は他者の心の機微をよく読んでいる。

言い当てられたのが癪《しやく》にさわり、界はまたがっていた自転車のペダルに力を込めた。

「帰るわ」

「え？　え？　どういうことー？」

声を上ずらせた悟の問いが追いかけてきたが、返事をせず海を後にした。

sparkle4

宝石

教室の窓からは夏の太陽がぎらぎらと差してくる。

ある女子生徒はカバンから鏡と櫛《くし》を取り出して念入りに髪を梳《す》き、ある男子生徒は着席せずに机の周りをうろついている。

担任がまだ黒板前に立っているというのに、生徒たちはすでに心あらずといった様子でざわめいていた。

「明日から夏休みだけど、羽目を外しすぎないようにな」

教師の声は生徒たちの歓声に埋もれてしまう。

「やったー」

「朝起きなくていいー」

「遊び行こ遊び！」

「夏祭りみんなで行こーっ」

人気者の界《かい》の席には男子たちがわっと群がった。その中央で界も立ち、こちらを向く。

何か言いたげな視線が右肩に刺さる。

けれども、羽花《うか》は正面を向いたままカバンを持って立ち上がった。

なるべく自然に見えるように。

意識して口角を上げ、顔だけそちらへ向けた。

「三浦《みうら》くん、また二学期に」

その目は見ない。返事は聞かない。

足早に教室を出る。

テンパっていてあゆみに挨拶《あいさつ》するのを忘れてしまった。


日に日に暑さが増してピークに差し掛かった八月の上旬《じようじゆん》、羽花はキンキンに冷やした自室で机に向かっていた。

一学期の復習と夏休みの課題は一週間ですべて終えてしまった。残りの期間はのんびりと二学期の予習でもしておこう。

額につきんと痛みが走る。

「……ちょっと冷えたかな」

室温を上げようかとリモコンへ手を伸ばす。ふと、ベランダの外から賑《にぎ》やかなセミの鳴き声に交じって、祭囃子《まつりばやし》が聞こえてきた。

カーテンを開けると、鋭い陽射しが目を刺す。

腕で光を遮《さえぎ》りながら階下へ視線をやった。

（あっ、今日夏祭りだ）

山車《だし》を引く子供たちが通りの向こうからやって来るのが見える。道行く人々も普段より多く、中には羽花と同じ年くらいの女の子が連れ立つ姿もあった。髪を清楚《せいそ》にアップして涼しげな色合いの浴衣《ゆかた》をまとい、夏の暑さをものともせず草履《ぞうり》の足を弾ませ海の方へ向かっている。

（いいなぁ……）

界と芹奈《せりな》がそれぞれ浴衣に身を包み、しっとりと寄り添う姿が目に浮かぶ。

とたん、胸に針が刺さったような痛みが走る。

けれども、同時にこの目でお似合いの二人を見たいとも思った。

（打ちのめされたい）

そうすれば、分不相応な辛《つら》い気持ちとはさよならできるのではないか。

（でも、一人で行くのは勇気がいる）

なんとなく出かける支度《したく》を調えつつも考えがまとまらずにいたとき、玄関のチャイム音が響いた。

「はーい」

カバンを肩にかけた中途半端な格好のまま戸を開けると、そこにはスマホを握りしめたあゆみが立っていた。

「あゆみちゃん⁉」

「その格好……、羽花ちん、どこか行くの⁉」

彼女の目線はカバンに注がれている。

急に恥ずかしさがこみ上げてきた。消え入りそうな声で伝える。

「ええと、その……夏祭りに、一人で……」

とたん、あゆみの目がぱあっと輝いた。身を乗り出して言う。

「あたし一緒に行きたくて誘いに来たの‼」

明るい声としぐさに、胸が熱くなる。

「私、親以外とお祭り行くの初めて」

「ほんと⁉　初体験いただき！」

あゆみは動きやすい膝上のワンピース姿で、一人でいる。悟《さとる》とは現地で会うのだろうか。そのときは遠慮《えんりょ》しなきゃいけないかな、などと思いながら、二人で出かけることになった。

普段は潮風香る丘の上にある寺の境内《けいだい》は、様々な食べ物の匂《にお》いで満ちていた。天には揃いの提灯《ちょうちん》がずらっと吊るされ、地には竹灯籠《たけどうろう》が無数に飾られ、屋台がひしめき合っている。親子連れやカップルで大変な賑わいだ。

「何食べる？　何するー？」

ガッツポーズで意気込むあゆみ。反して羽花は祭りの熱気に圧倒されてしばし立ちすくむ。

「もー！　羽花ちん、せっかく来たんだから、楽しも！」

「……瀬戸《せと》くんとはいつ合流するの？」

「しないよ？」

不思議そうに首を傾《かし》げられる。

もしかして。

「あゆみちゃん……私のこと、心配してくれたの？」

彼女はなんでもないとばかり、くるっと回って祭りの雰囲気《ふんいき》へ溶け込む。

「今日は羽花ちんと二人ー！　いっぱい恋バナしよ！」

「本当は瀬戸くんと来たかったよね」

つい不安が口からこぼれてしまう。

あゆみは静かにまたたきをして、大きな瞳でじっと見つめてきた。祭りのムードにひたりきれない羽花の憂《うれ》いを包み込んで言う。

「……黙って見てる」

その目には幼子を見守る母親のような慈愛《じあい》が宿っていた。

「今はまだ『界のこと好きって認めちゃえばいいのに』って言われても、羽花ちんもっと苦しむだけだもん」

「あゆみちゃん……」

「辛くなったら絶対言ってね！」

根掘《ねほ》り葉掘《はほ》り聞いてきたり、責めてきたりしない。それどころか、待っていてくれる。

あふれんばかりの思いやりに鼻の奥がつんと痺《しび》れた。

「わたあめ食べたいなー」

この話は終わりとばかり、あゆみは背を向け声を弾ませる。

優しさに甘えそうになり、ふにゃりと頰《ほお》を緩《ゆる》ませたそのときだった。

「あゆー！　見つけたー！　もう超探したオレ！」

向こうからチェックのシャツ姿の男の子が駆けてきた。その両手には色違いの電球ソーダが二つ握られている。

あゆみは衝撃に息を止め、それから声を張り上げた。

「悟！　今日は羽花ちんと二人にしてって言ったでしょ！」

「なんでだよー、オレも入れてよ」

あっという間にそばまで来ると、駄々をこねる幼児のごとく唇を尖らせる。

「空気読んでよ!!」

早口で告げるあゆみは、険しい表情を悟へ向けている。あくまで羽花を気づかい、悟を追い払おうとしている姿に申し訳なくなった。

きっと本音は会えて嬉しいはずなのに。

（ごめんなさい。……ありがとう、あゆみちゃん）

行こう。

落ち込んでいる羽花をあゆみは気づかってくれた。だから今度は羽花が気づかう番だ。

あゆみの恋路を応援したい。

足音を立てず、その場を後にする。

幸い、祭りの人混みがすんなりと羽花の存在を包み隠してくれた。

（カップル多いな……）

さらに女子は圧倒的に浴衣の割合が高い。

水色地に朝顔柄、黒地に大輪《たいりん》の向日葵《ひまわり》柄、ピンク色の可憐《かれん》な金魚柄、どの子もめいっぱいのおしゃれをして笑顔を振りまいている。

（あ、あの子綺麗《きれい》）

白地に緑の絞《しぼ》り模様の浴衣を着た女子が目に留まる。

（って、芹奈ちゃん……⁉）

同じく浴衣をまとった友人らしき女子と連れ立ち、手にはりんご飴《あめ》を持っている。

（あれ……？　三浦くんと一緒じゃないの？）

彼女は何気なく振り返り、あっと瞳を見開いた。茫然《ぼうぜん》と立ちすくむ羽花に気づき、歯を見せて近づいてくる。

「羽花ちゃん。界は？」

こちらが先に疑問に思っていたことを聞かれ、息をのむ。

「……芹奈ちゃんと一緒かと」

「界は私とは来ないよ」

苦笑交じりに言い切られてしまう。

「どうして……？」

「だって、羽花ちゃんがいるから」

彼女は悪戯《いたずら》めかして目を細めた。まるで羽花を勇気づけるように軽く背を押してくる。

「今頃羽花ちゃんを探してるよ」

（……なんで？）

そんな綺麗な笑顔ができるのだろう。

まだ界のことが好きなはずで、界だって芹奈を想っているはずで。なのに、こんな迷ってばかりな羽花のことなど気づかって。

たくさんの煌《きら》めいた人達がいて、私はそれに憧れていた。

憧れるだけで終わればいいのかもしれない。

綺麗だとただ眺めている、それだけでいい。

（その方が誰のことも苦しめない）

だけど、仲良さげに寄り添う二人の姿を想像しただけで、頭を鈍器《どんき》で何度も殴《なぐ》られている心地がする。

石になって心を閉ざせば、痛みなんて感じないはずなのに。

たまらず羽花はその場から逃げ出した。


太陽が傾き、竹灯籠《たけどうろう》の火が大地を幻想的に浮かび上がらせる。

祭りの賑《にぎ》わいは日が落ちてなおいっそう増し、囃子太鼓《はやしだいこ》の音が空気を揺らめかしていた。

羽花は帰るに帰れず、かといって一人で祭りを楽しむ気にもなれなかった。なんとなく人の流れに沿って本堂でお参りを済ませたあと、惰性《だせい》でおみくじを引く。

「末吉……」

吉でも凶でもない中途半端な結果に眉《まゆ》を下げる。

まるで今の自分を示しているようだ。

『待ち人　遅れて来る』

ぼんやりとした瞳で軽く一読してから細く折りたたむ。たしか、悪い結果が出たときは寺社に結んで帰ると聞いたことがある。

「――石森《いしもり》」

本堂の陰に据えられたおみくじ掛けに向かっていると、低い声が背へぶつかる。

とっさに振り向き、驚きに目を見開いた。息を乱した界がこちらを見つめていた。

(……なん、で?)

まさかこんなところで会うとは思っていなかった。

気持ちの整理ができず、とっさに背を向ける。本日三度目の逃亡を図った。

「待てよ」

逞《たくま》しい手が羽花の腕をつかむ。

「探してた。なんで逃げんだよ」

踵《きびす》を返そうとするが、拘束《こうそく》は強く振りほどけない。

「……帰んの? じゃあ、そこまで送る」

「だ、大丈夫。放してください」

「嫌なら振りほどけば?」

「……っ」

(嫌なわけ……ない)

だけど。

「嫌なので、放してください」

唇を震わし、精一杯の虚勢を張った。

「──嘘が下手《へた》だな、石森」

「……っ」

腕をつかんでいた手がするりとほどける。界の強いまなざしが羽花を貫いた。心の奥に隠した想いまで見透かされるようだ。

「何だよ、『また二学期』って。一回も会わないつもりかよ」

言葉をのみ込む羽花に、界は畳《たた》みかけてくる。

「今日も誘いに行ったわ。あゆみに先越されたけどな」

こめかみがひりつく。焼きごてを当てられたみたいに熱い。

知らず両手をこぶしに握っていた。手のひらに爪が食い込むほど硬く握り込む。

「……どうして、私なんか」

ようやく音になったつぶやきは、即座に切って捨てられる。

「そういうのやめろって言ってんだろ」

怒鳴られたわけじゃない。

だけど、喉《のど》が引きつった。

「お前まだ自分のこと石だと思ってんのか」

軋《きし》む首をゆっくりと縦に振る。

「そうやってこれから何度、石じゃない、石かもしれないを繰り返すつもり?」

変わりたいと願いながら、無理だと絶望して、諦めて――。そんな弱さを言い当てられて肝《きも》が冷えた。

「もういいじゃん石で」

(とうとう呆《あき》れられた……?)

眉間《みけん》にぐっと力がこもる。

けれども、界の口調は決して苛立《いらだ》ったものではなかった。淡々と告げてくる。

「確かに石みたいだった。でも、そこから飛び出した力は石森のものだ」

(あ……)

もしかして、覚えていてくれたの――?

八美津《はちみつ》高校へ行きたくて、でも迷いの沼に沈んでいた羽花を、引っ張り上げてくれた日を。

都合のいい夢かもしれない。それでも、胸に希望が生まれてしまう。

「今までの自分に引きずられなくていい」

目頭《めがしら》が痺《しび》れる。喉の奥から熱いものがこみ上げてきた。

震える羽花の手に頼もしい界の手が重なる。大きな両手に包まれ、そのぬくもりに心臓が鷲づかみにされる。

「石でもお前は宝石なんだよ」


羽花の視界を塞《ふさ》いでいた重くて黒い霧が、さーっと晴れていく。

（苦しかったあだ名が、宝物に変わってく）

「もっと欲張れ。前に進め。もうお前の幸せは始まってる」

水晶のごとく輝く涙がぷっくりと浮かんだ。

すかさず界の大きな手が伸びてきて、眼前へ据えられる。

「隠してやろうか？」

もう、そんなの必要ない。

──雨は上がった。

雫《しずく》ごしに見上げる夕空は七色に輝いていて、まるで虹がかかっているようだ。

まなじりをとろんと下げ、これ以上ないくらい口もとをほころばせる。

「……っ」

泣くと思っていた羽花が笑ったことに虚をつかれたのか、界はかすかに目をみはる。いつも冷静な彼にしては珍しく、言葉が継げない様子だった。

(三浦くんみたいな人には、絶対もう一生出会えない)

気やすく好きになっていい相手じゃない。わかっている。だけど。

(もう後戻りはできない——どうしても諦められない)

腕で涙をさっとぬぐった。

「三浦くん！　ちょっと失礼します」

気が急《せ》いた。

芹奈も羽花の嘘を見抜いていたはずだ。

告げなくては。本当のことを。

走り出そうとして、あっけにとられている界をそのままにしていたのに気づいた。慌てて勢いよくぺこりと頭を下げる。

「ありがとうございます！」

「……なんだそれ」

くるくる変化する羽花の表情に、界は思わず噴き出していた。

芹奈はどこにいるんだろう。何も言わず姿を消して、あゆみも心配しているに違いない。

どちらか片方でも会えたら、と必死に探す。額で生まれた汗がこめかみを伝って頰《ほお》へ流れた。

いつの間にか空には墨《すみ》を撒《ま》いたような闇の帳《とばり》が下り、竹灯籠《たけどうろう》の火が煌々《こうこう》と足もとを照らしていた。

「もー、羽花ちんどこ行ったの。電話しても出ないし」

向こうから苛立ちをはらんだ声が聞こえる。

あゆみだ！

隣には、簪《かんざし》を挿したまとめ髪を乱す芹奈もいる。

「あ！　いたー！　羽花ちんのバカー！」

互いに駆け寄り、あっという間に合流する。あゆみは顔を真っ赤にして今にも泣きそうだ。

「ご、ごめんっ」

スマホの存在はすっかり忘れていた。たくさん謝っても足りない。

だけど、先にこれだけは言わなきゃ。

決意が鈍ってしまう前に、気持ちを全部伝えたい。

「あの、芹奈ちゃん！」

「ハイッ」

びくりと肩をすくめる芹奈をまっすぐ見つめて大きく息を吸った。

「私、三浦くんが好きです」

出会い頭《がしら》に感情の爆発をぶつけられた二人は、信じられないものでも見たかのごとく揃って硬直する。

「嘘ついてごめんなさい。私、本当は三浦くんのことが――」

想いの丈を吐露《とろ》するうちに昂《たかぶ》って、声が震えてしまう。

ちゃんと告げたいのに。

語尾がかすれて音にならない。

けれども、芹奈はすっとまなじりを下げた。

「言ってくれて嬉しい！」

その可憐《かれん》な唇に鮮やかな笑みが浮かぶ。

「なんで嘘つくんだろうって思ったけど、それは私も一緒だった」

わずかに目を伏せ自分を責める苦笑を漏《も》らしてから、もう一度顔を上げる。雲一つない快晴のような表情だった。

「私もう、遠慮《えんりょ》するのやめる。だから羽花ちゃんもやめて。正々堂々、界のこと好きでいて」

「――うん」

羽花の存在は、優しい芹奈の恋の邪魔になる。

でも、どうしても。

（どうしても、好き）

「うわーん！　よかったー」

羽花も芹奈も瞳を潤ませる横で、堰《せき》を切ったようにあゆみが泣き出した。

「あゆみちゃん」

「えー、あゆみ！　なんで！」

泣くタイミングを失った二人は、代わりに涙をこぼしてくれたあゆみを懸命になだめたのだった。


――夏休み。入道雲。砂浜、そして、碧《あお》く煌《きら》めく水面。

「海だー」

ホルターネックのシャツに短パン姿のあゆみが、裸足《はだし》で砂浜を走っていく。

「あゆみ待ってー」

これまた裸足で追いかけるのは芹奈だ。夏色のサンドレスが可憐さをいっそう引き立て、海水浴客の視線を集めている。

「あゆー！　戻ってこーい」

ラフなTシャツ姿の悟がはしゃぐ女子二人を呼びとめる横で、サングラスを額にかけた友哉《ともや》がほほ笑んでいる。その隣ではエメラルドグリーンのラッシュガードを軽く羽織《はお》った界が、いつも通りの能面で華やかなオーラを放っていた。

男女六人で、海。

青春ドラマさながらのシチュエーションに、羽花は思わず拝んでしまう。

(この中に混ぜていただいて幸せです……)

前日に突然あゆみからの電話で誘われたときも、夢じゃないかと頰をつねったくらいだ。

夏の海は賑《にぎ》やかで楽しい。

「羽花ちん、早く早く！」

あゆみに引っ張られて波打ち際へ行く。ざぶんと寄せてきた波が足を冷やし、指先でソーダのように泡《あわ》が弾ける。

「あゆっ」

「きゃっ、冷た！」

水しぶきが飛んできた、と思ったら、悟が後ろで舌を出していた。

「もー、仕返しっ」

潮水をすくって悟へぶちまけるあゆみに、芹奈が加勢する。羽花もつられて海水へ手を浸した。

すると、足音を忍ばせ近づいてきていた界が背後から悟を羽交《はが》い締《じ》めにする。

「わ、なんだよ界！」

バランスを崩した悟は勢いつけて砂浜へ尻もちをつき、そこへちょうど大きめの波がかぶさってくる。

助けを求めたのか悟がぐんと手を引いた。今度は界が引っ張られ、共に頭から大げさな水しぶきをかぶってしまう。

「ははっ、なにやってんだよ」

高みの見物をして笑っている友哉も、他人事《ひとごと》ではすまない。

猛然と立ち上がった界と悟の二人がかりで波間へ引きずられ、どぶんとダイブさせられた。

爆笑するあゆみと芹奈につられて、羽花も口を開けて笑ってしまう。

(海は中学一年生の頃、お父さんとお母さんと来たのが最後かな)

それも海水浴など洒落《しやれ》たものではなく、潮干狩《しおひが》りだった。

それ以降は同じ学校の人に会うのを避けたくて、言い訳を探して行かなくなった。夏祭りも同じだ。

(こういう場所からは、ずっと逃げて生きていくんだと思ってた)

だけど、もう私は。

前に進む。

「ねえ、友哉のバッグ何入ってんの？　すげぇ膨《ふく》らんでるじゃん」

指摘されて、友哉は口笛を鳴らしながらバッグを開ける。中が保冷仕様になっており、緑色に黒い縦筋のついた丸い果物が現れた。

「スイカ割り、するでしょ？」

「おおー！」

歓声が上がる。無言で立ち上がった界が、どこからともなくちょうどいい太さの枝を持ってきた。

「じゃ、まず友哉からな」

問答無用で悟に目隠しをさせられ、枝を構えた友哉が立つ。

「こっちこっちー」

的外《まとはず》れの方向からあゆみが声をかけると、友哉は素直にそちらへ向かって棒を振り下ろす。砂を叩く気の抜けた音がして、またみんなして笑った。

「次、石森ちゃんやってごらんよ」

「ええ……、できますかね？」

促されるまま恐る恐る棒を受け取った。目隠しをされ、暗闇の中で、テレビか何かで見たことのある構えのポーズをとってみる。

「おおー、案外様《さま》になってるじゃん」

「羽花ちゃん、こっちだよー」

周囲の声に導かれ、勢いをつけて腕を振り下ろす。確かな手ごたえが両手に響いた。

「ビンゴー！」

歓声と共に目隠しが外される。羽花の足元にはぱっくり割れたスイカが転がり、みずみずしい香りを放っていた。興奮のあまり振り向くと、界が親指を立てている。

「やった……」

改めて嬉しさがこみ上げてきた。これ以上ないくらい頰《ほお》がほころぶ。

全員でスイカに舌鼓《したつづみ》を打ったあとは、砂遊びに興じる。

誰かが作り始めた砂の城は右から左から手が伸びてきて、そのうち全員で熱中して巨大要塞《ようさい》を作っていた。

「あっ」

「はい、羽花ちんアウトー！」

トンネルを掘っていて城門を崩してしまった羽花は、罰として体育座りの両足を砂に埋められる。

「砂風呂ー」

潮の香りをたっぷり含んだ白い砂はさらさらして心地よかった。笑顔で見下ろすあゆみや芹奈に、羽花も笑顔を返す。

少し離れた場所にたたずむ界は、わずかにまなじりを下げてそれを見ていた。

「そろそろまた泳ぎにいこっか？」

「行ってらっしゃい」

座ったまま告げると、あゆみと悟は立ち上がる。

浮き輪を手に、はしゃぎながら波打ち際へ走っていった。

「羽花ちんが楽しそうでよかった」

満面の笑みであゆみが言うと、悟は首を傾《かし》げる。

「あゆは？」

「え、めちゃくちゃ楽しいよ」

「よかった！　オレは、あゆが楽しいのが一番嬉しいから」

「――」

羽花の恋を応援しているつもりが、ふいをつかれて動揺《どうよう》してしまう。たとえ他意のない軽い言葉だったとしても、『一番』だなんて嬉しかった。

芹奈と友哉もいつの間にかその場を離れていた。

羽花の頭のすぐそばでペットボトルを開ける音がする。自分の分以外に羽花のも買ってきてくれたらしく、レモンソーダを手渡してきた。

「疲れたか？」

「ううん、幸せです」

「あっそ」

レモンソーダを呷《あお》った界の逞《たくま》しい喉仏《のどぼとけ》がゆっくりと上下する。潮の匂《にお》いに甘酸《あまず》っぱい香りが交じり、しゅわしゅわと弾けた。

「三浦くん、ありがとうございます」

「あ?」

「こんなに素敵な夏、初めてです」

「大げさ」

「いいえ、三浦くんがいなかったら、こんなふうに友達と海に来ることもきっと一生なかった」

界が隣に腰かける。黄色のペットボトルが羽花の目線のすぐそばで揺れた。小さな泡《あわ》が次から次へと生まれ、浮き上がり、溶けていく。

夢が、希望が、勇気が、あとからあとから湧いてきて、欲張りになっていく――。

「じゃ、冬は?」

今この瞬間の幸せを噛《か》みしめていたところへ、思いがけない未来への道が示される。羽花は瞳を輝かせた。

「……クリスマスにみんなでパーティーとか、してみたいです」

やわらかなまなざしが羽花を見つめていた。

○☆○

波打ち際ではしゃぐあゆみと悟。そして、砂浜で談笑する羽花と界。

会話は聞こえないがほどよく離れた防波堤の石段で、芹奈は膝を抱えていた。

隣にすっと背の高い影が立つ。友哉だ。

「界ってさ、石森ちゃんの前でよく笑うよね」

知っている。

基本的に界は何をしていてもノーリアクション。滅多《めった》に感情を表さない。性格はソーダなのだ。

だが、羽花と一緒にいるときは違う。ときどきハニーが混じるような。

「悔《くや》しい？」

胸の奥にもやっと立ち込める感情をはっきりと言葉にされて、芹奈は一瞬息をのんだ。

口端に苦笑が漏《も》れる。

「友哉……相変わらず、ムカつく」

よく笑うのは界だけではない。羽花もそうだ。

本当に幸せだと、界を心から尊敬して信頼しているという笑顔があふれる。

二人は、きっと――……。

「本当はずっとわかってたけど、気づかないふりしてた。でももう、同じところには立ち止まっていられないね」

決意を込めてすっくと立ちあがる。

「芹奈」

「ん？」

「オレが知ってる女の子の中で、芹奈が一番かっこいいよ」

「……ありがと」

それは、今から戦場へ向かう芹奈への最高のはなむけだった。


羽花があゆみと悟に連れ出され、波打ち際で足を洗われている。

穏やかなまなざしをそちらへ向ける界は一人だ。

今しかない。

芹奈はひそやかに帰り支度《じたく》を調えてから、界のもとへ向かった。

「界、ちょっといいかな」

彼は感情の読めない目を寄こす。

「ああ」

短く答えると立ち上がった。二人して人目を避けて歩くうち、見晴らしの良い展望デッキへ出た。

界は一言もしゃべらず、芹奈の言葉を待っていてくれる。

ゆっくりと唾《つば》をのみ込み、切り出した。

「あの、ごめん、急に。私が何言うか、きっと界は気づいてると思うけど……私、まだ界のこと好きなんだ」

何の反応も示してくれないだろうと思っていたが、芹奈の予想に反して彼はかすかに目をみはっていた。

「界ってさ、何考えてるかわかんないとこあるじゃん。だから勘違いしちゃったんだよね。前に私の友達の前で、守ろうとしてくれたよね？　あのとき、あれは、羽花ちゃんが巻き込まれないように、だったんでしょ？」

――『次はオレ呼べよ、芹奈』

友人らに立ち向かった羽花へ被害が及ぶのを防ぐため、自らが矢面《やおもて》に立とうとしたんだ。

彼はずっと一人しか守っていない。

そしてそれは、芹奈ではない。

「中学の頃の私は、界と一緒にいてすごく弱くなったけど、今の羽花ちゃんは強くなってる」

反論も同意もしないことこそが、界の肯定だった。

一度舌を止めたらもう言葉が出てこなくなりそうで、芹奈は続けた。

「最後にいっこ、あの頃怖くて聞けなかったこと、聞いていい？　──界、私のこと、好きだった？」

機械仕掛けの人形のような目が芹奈を見る。真剣にじっと見つめ返したら、彼の瞳にもかすかな感情の揺らぎが生まれた。

戸惑いの見え隠れする色合いに混じって、ほんのひとかけらだけ、熱い想いが確かにそこにあった。

「……好きだった。でも、お前が離れようとしたとき、引き止められなかった。それがオレの答え」

胸が軋《きし》む。

訊く前から彼の気持ちはだいたいわかっていた。

それでも、まっすぐ誠実に答えてくれたのが純粋に嬉しかった。
「わかってるよ、バーカ」
眉《まゆ》を吊り上げ、舌を見せる。
軽く右手を上げてさよならを告げた。
「……今日はもう帰るね。界、ありがと。やっと、ちゃんと諦められるよ」
泣き顔は見せたくない。
あの頃と違って強くなった私を見せたい。
背を向け、しゃんと背筋を伸ばして去っていこう。
でもやっぱり、どうしても涙がにじんでしまうのを止められなかった。
羽花たちはまだ水と戯《たわむ》れている。
気づかれぬよう一足先に帰路へついた。
きっと勝手に帰ったことを気にするだろう。羽花にだけ言っておこう。
今朝方交換したばかりのアドレスへメールを送信する。
『界のこと、ちゃんと諦められる。相手が羽花ちゃんでよかった！』
心の底からそう思う。でも、やはり潮風が目に染みた。
スマホをしまってしばらくして、バッグの中から受信音が鳴る。

返信がきたらしい。

『羽花です。芹奈ちゃんメールありがとうございます。友達にメールをするのは初めてなので緊張しています。おかしな文があったらごめんなさい。私は無関係なのに二人のことを過剰《かじょう》に気にしてしまって窮屈《きゅうくつ》に思わせてしまったかもしれません。自分のことばかりでそこに気が回っていませんでした。申し訳ないです。三浦くんとのこと、ただただびっくりしてどうしてだろうという気持ちでいっぱいだけど、でも二人のことは二人にしか

――』

画面びっしり字が並んでいる。

長くて律儀《りちぎ》な文面は、いくらスクロールしても終わりが見えない。

腹の底から笑いがこみ上げてくる。

本当に。

相手が羽花でよかった。

楽しい時間はあっという間で、水平線がほのかに橙色《だいだい》に色づいてきた頃、一行は浜辺を後にした。

水を吸って重くなった荷物と一日たっぷり遊んで鉛《なまり》のようになった足を引きずりながら最寄り駅へ続く路を歩く。

「オレらこっちだから」

駅前で悟が告げる。あゆみと羽花は連れ立ち、「じゃあ」と手を挙げた。

女子二人が去っていく後ろ姿を何となく目で追う界の隣に、友哉が並んだ。

「界」

「ん？」

「前に、石森ちゃんのこと恋愛対象に入らないって言ってたよね」

捉えどころのない笑みが界を貫く。

「本気にさせたらマズいんじゃないの」

界はすっと目を逸《そ》らした。その視線の先には、あゆみと談笑しながら遠ざかっていく羽花の姿があった。

「……もう、うぜぇから言っとくわ――撤回《てっかい》する」

ひときわ大きな夏風が吹き抜け、レモン色の髪をさらっていった。

sparkle5

好き

厳しい残暑の中にも朝晩ほんの少しのやわらぎがおとずれる九月——二学期。

クリーニングで新品の張りを取り戻した制服を身にまとい、羽花《うか》は自転車を走らせる。

前方に緩《ゆる》く巻いた艶髪《つやかみ》をなびかせる女子高生を発見した。

（芹奈《せりな》ちゃん）

一緒に海へ出かけて以来会っていない。最後のメールでの会話が会話だけに、どういう切り口で話しかければいいか逡巡《しゅんじゅん》する。

だけど、羽花はもう立ち止まらない。

「あ、あの……」

考えるより行動へ移していた。振り返った芹奈は、華やかな夏メイクからしっとりとした秋メイクに装《よそお》いを変えていた。ますます艶《つや》やかさに磨《みが》きがかかっている。

「おはよう！　羽花ちゃん」

こちらまで明るくなる笑顔を向けてくれる。

「はい、おはようございます！」

羽花も元気よく自転車を飛び降り、芹奈に並ぶ。

「界《かい》とはつき合ったの？」

いきなりの爆弾発言に、羽花は目を剝《む》く。

「つき合……っ、とんでもないです！」

「じゃあ、連絡先は交換した？」

「いえ……」

「えー⁉」

会話の内容はともかく、芹奈と普通に話せていることに安堵《あんど》する。

校門を入って芹奈といったん別れ、自転車置き場へ向かった。

二学期も頑張ろう。

決意を新たにして強くうなずいた。

教室内は、まだ夏のテンションが冷めきらない雰囲気《ふんいき》で満ちていた。

「久しぶりー!!」

「めっちゃ焼けたねー」

「夏休み明けの女子ってさぁ、なんかすげぇ可愛《かわい》く見えね?」

あちこちで再会を喜ぶ歓声が上がり、それぞれがおしゃべりに花を咲かせている。

「はい、みんなおはよー」

前の扉ががらりと開き、口髭《くちひげ》を綺麗《きれい》に整えた担任が現れる。

「みんな夏休みでたるみまくってるだろ。二学期も厳しくいくからなー」

口ではきつく言いながらも、笑顔はほんのりと小麦色に色づき、夏の残り香を漂わせていた。

生徒たちが席へつき始めたところで、羽花の右隣が空いているのに気づく。

(三浦《みうら》くん……?)

と、前の扉が盛大に開いた。

レモン色の毛先を左右へぴょんぴょんと撥《は》ねさせた界が、全クラスメイトの注目を浴びて登場した。正面から差し込む朝日を一身に集め、光を背負った天使のごとく輝いている。

大きなあくびを一つ。それさえも憎らしいほど絵になる。

「たるみまくってるねー」

教室の後ろからあゆみのはやし声が響く。それをきっかけにして、クラス中に笑いの渦《うず》が巻き起こった。

「界、ねぼう？」

「ねぼう」

隣の椅子《いす》が大きく引かれ、彼が腰を下ろした。

ひりつくような存在感が羽花の右肩を灼《や》く。

（久しぶりで緊張する……）

黒板を向いて身体《からだ》を固くするが、界の視線が右頬《みぎほお》を刺す。

「おはよう」

やけにはっきりとした声がぶつけられた。

「おッ⁉　おはよう、ございます」

びっくりしておうむ返しに挨拶《あいさつ》する。

意表をつかれたのは羽花だけではなかったようだ。教室内は再びの爆笑に包まれた。

「何だよそれ！」

「石森《いしもり》に挨拶しないと始まらない感じ。あーねみい」

盛り上がるクラスメイトに対して界は完全塩で、ぱったりと机に顔を突っ伏した。

昼休みになったとたん、界はふらりと姿を消してしまった。

もしかしたら、またあそこにいるのかもしれない。

羽花も静かに席を立ち、備品倉庫へ向かった。

「失礼します……」

重い扉を薄く開けると、かび臭《くさ》さと一緒に界の声があふれてくる。

「お前か」

敷きっぱなしの毛布の上で寝ていたらしい彼は、むくりと起き上がりまぶたをこする。

(お昼ご飯……ちゃんと食べていないよね?)

持ってきた二つのトートバッグのうち一つをおずおずと差し出した。

「いつもパンばかりでは栄養がかたよるので、もしよかったら。その……、多く作りすぎてしまった分です」

本当を言うと、前日からそわそわしながら買い物をし、朝もいつもより一時間早く起きて作った。

一学期から漠然《ばくぜん》と思っていたことだが、界は昼休みになるとここへ来て寝ており、食事をきちんととっていない気配があった。

（お節介《せっかい》かもしれないけど……）

察しのいい界には羽花の気づかいなどお見通しだろう。が、詳細をつっこまずに受け取ってくれた。

「ありがと」

細長の黒い弁当箱を取り出し、界は行儀《ぎょうぎ》よく手を合わせる。

「いただきます。……美味《うま》い」

「よかったです」

押しつけがましいのは重々承知していながら、褒められたのが素直に嬉しかった。

称賛の言葉通り、界の箸《はし》は滑らかに進む。おかずが次から次へと形の良い唇へ吸い込まれていった。

あらかた食べ終えたところで、ふと彼の手が止まる。

「もういじめられたりしてないか」

「あ、いじめられたこと、忘れてました」

あっけらかんと答える。彼はほんの少し目を見開いた。

「強くなったんだな」

「いえ、そうじゃなくて、三浦くんを追いかけるので頭がいっぱいだったから」

本音がすんなりこぼれたが、すぐに「あ」と思い返す。

(引かれたかな?)

上目づかいに彼をうかがう。普段は淡々としているまなざしが、ふっとやわらかくなった。

「そうか」

(あれ……? 鬱陶《うっとう》しがられない)

彼は弁当箱を閉じると、綺麗にしまい直して渡してくる。

「チャイム鳴ったら起こして」

羽花の返事を待たず、来たときと同じ場所へごろりと寝転がった。

明かりとりの窓から、秋めいたそよ風が舞い込んでくる。

金色の髪がひよこのようにふわふわと動いた。

(……レモンソーダ)

長いまつげに覆《おお》われたまぶたがうっすらと開く。

「何だよ」

「あ、いや」

じっと見つめすぎた。焦って視線を左右へ動かす。

「三浦くんは三浦くんのルールで生きてるんだなって……」

「間違ったルールな」

即座に呆《あき》れた声がかぶさってくる。

（そうかな？）

再びまぶたを閉ざしかけている界をまっすぐ見据える。

「……もし、世間の言う正しいルールというものがあったとしても、私は三浦くんのルールについていくと思います」

きっと羽花だけではない。界に関わった人はみんなそうだ。

「オレは神かよ。ただのクソガキだわ」

でも、だからこそ。

大人とは違う正解の方に引っ張ってくれる。父も母も先生も言わない方へ。

完全に閉ざされたまぶたの向こうに潜む彼の瞳を、心で見つめる。

ぼんやりとあたたかく、ほどよく涼しい風が吹き込む隠れ家の中、界は眠りの世界へ旅立ってしまった。

（私、置き時計みたいな感じ……？）

だけど、少しでも役に立てるなら嬉しい。

棚《たな》へ寄りかかって綺麗な寝顔を眺めているうち、羽花のもとへも睡魔がやってきた――。


昼休みの終了を知らせる予鈴《よれい》で目覚め、羽花と界は備品倉庫を後にした。

颯を切って颯爽《さっそう》と進む界の後ろをひょこひょことついていくと、廊下《ろうか》の向こうからガラの悪い三人組がやってきた。

通路を塞《ふさ》いで立ちはだかる。

明るめの髪色といい、だらしなく着崩した制服といい、既視感《きしかん》がある。

「三浦ぁー、相変わらずその頭、目障《めざわ》りだなぁ」

ドスのきいた声を聞き、記憶の扉が開く。

入学して早々の頃、界にいちゃもんをつけてきた上級生たちだ。

以来頻繁《ひんぱん》に絡んでくるのだろうか。界は冷めきった目で淡々と受け流す。

「すみません。僕に存在感があるせいで」

火に油を注ぐ結果が見えて、はらはらする。

「お前、ふざけんなよ」

「失礼します」

だが、界は知らん顔をして脇をすり抜けようとした。

目つきの悪いリーダー格の男子が試す口ぶりで言う。

「お前さぁ、夜、伊勢山町《いせやまちょう》によくいるよな？」

（えっ、伊勢山町？）

高校生である羽花たちにはあまり馴染《なじ》みがない、歓楽街だ。

思わず界の背中を見上げる。

いつも通りの無反応——のはずだが、一抹《いちまつ》の違和感を覚える。

（なんだか空気が重い……？）

「お前の居場所は本当はあっちなんじゃねぇの」

畳《たた》みかける上級生の方を振り向きもしない。

中の一人が羽花に視線を留めた。

「お前もこんなやつとつるんでると、痛い目にあうぞ」

レモン色が揺れ、界がばっとこちらを振り返る。

「こいつには手を出すなよ」

初めて聞く界の殺気立った声に、羽花は息をのむ。

「へえ……、おもしれぇじゃん」

上級生は瞳にかすかな動揺《どうよう》を滲《にじ》ませながらも、界の反応を試すように右手をもたげた。ゆっくりと羽花へ伸ばしてくる。

（あ……嫌だ……）

身体《からだ》がこわばり動けない。

男子生徒の指先がふれるかふれないかの寸前で、ぱんっと小気味のよい音が鳴った。怒気をみなぎらせた界が上級生の手を払いのけたのだった。

「やめろっつってんだろ」

「はぁ⁉」

眼光鋭く見据える界とまなじりを吊り上げる上級生とのあいだに、ひりついた緊張が走る。

（ど、どうしよう）

喧嘩《けんか》になってしまうかもしれない。

もしも界が怪我《けが》をするようなことになったら――。

不安で胸がつぶれそうだ。声が出ない。

しかし、威圧負けしたのか上級生が先に引いた。はぐらかすふうに口笛を吹いて道をあける。

「おー、怖」

「行こうぜ」

そそくさと去っていく彼らの姿が消えると、界は無言で再び背を向けた。羽花をおいて早足で歩いていく。

「あ……」

(助けてくれたんだよね？　でも……)

嬉しさよりも、喉奥《のどおく》に刺さった小さな引っ掛かりが抜けない。

(危ない目に遭《あ》ってほしくないよ)

「三浦くん。あの……」

駆け足で追う。彼は振り返らない。

必死に追いすがった。

「私は、三浦くんの何ですか？」

先を行く足が固まる。時が止まったような沈黙が落ちた。

なぜこんなことを口走ったのか自分でもわからない。だけど、訊かずにいられなかった。

界はゆっくりと唇を開く。

「守る人と守られる人」

「……っ」

想像もしていなかった返しだった。

──近くにいるだけで満足なはずなのに、それ以上の気持ちを抱いてしまう。

(こんなはずじゃなかったのに)

「特殊すぎて他人に説明できないけどな。もう癖《くせ》になってんだよ、お前守るの」

まっすぐな瞳は彼の素直な心をありのままぶつけてくる。

顔から火を噴きそうだった。


放課後、あゆみが誘いに来てくれる。

「羽花ちん、一緒に帰ろ」

「うん」

明るくうなずき、共に学校を後にした。

「昼休み、どこいた?」

他意なく問いかけられ、羽花は目を泳がせる。

あそこは界の秘密の場所。誰かに教えるわけにはいかない。羽花だけが知っているという事実に――時計扱いだったとしても――ほんのちょっぴり優越感があるのも秘密だ。

「ええと、図書室行ったり、ぶらぶら……。あゆみちゃんは？」

わざとらしかっただろうか。

どぎまぎしながらのごまかしだったが、彼女はあまり気にしなかったみたいだ。それより、どこか上の空ですらある。

「あたしは別にいつもと同じなんだけど、悟《さとる》がね……告白されたらしいんだよね」

「告白⁉」

予想だにしていなかった言葉に声を裏返す。

慌てて周囲を見回した。大丈夫、誰にも聞かれていない。あゆみは眉《まゆ》を八の字にひそめて声を濁《にご》らせる。

「うん、A組の子から、言われたって……」

「それで、瀬戸《せと》くんは」

やや食い気味にたずねる。

「よく知らないから断ったって」

「よかった……」

我が事のごとく胸をなでおろす。逆にあゆみは強がりなのか、どこか他人事《ひとごと》めいた顔でうそぶく。

「告白できる人ってすごいよね。もし振られたら、苦しくて気まずくて、学校来られないと思うもん」

告白したら、今の関係が終わってしまう。

(考えもしてなかったけど……)

仲良くしたいのなら、この気持ちは彼に知られてはいけないんだ。

「うん……私は絶対言いたくない。三浦くんに私の気持ち、絶対バレないようにする」

「でも、ずっと今のままでいいのかな」

正面を向いたままあゆみがぽろりとこぼす。

自分への戒《いまし》めなのか、羽花への問いかけなのか。

(……たしかに、このままでいいかと言われると、素直にうなずけない気もする)

でも、不釣り合いなことは初めから十分すぎるくらいわかっている。そこを割り切ったとしても……まだ自信が足りない。

(九月の目標は……『現状維持』)

○　☆　○

伊勢山町——北東から南西へ長く続く路は、昔ながらの店舗《てんぽ》と新しい店舗が混在する活気のある商店街となっている。

しかし、夜になると艶《つや》めいたネオンが輝く街へと一変する。

その中の一軒のカラオケバーで、界は酒瓶《さかびん》やグラスに囲まれたカウンター内に立ち、グラスを洗っていた。袖口《そでぐち》をまくった白シャツの上から黒のネクタイを締め、黒い襟《えり》なしベストに揃いのズボンを合わせたバーテンダー姿は、彼の明るい髪色を引き立てている。

「界くーん、今日は何時までいるの？」

鼻にかかった甘え声を上げたのは常連客の梢《こずえ》だ。隙《すき》のないばっちりメイクに長い髪、ノースリーブの身体のラインを現す服を着こなし甘いパフュームをまとう姿は、そこはかとなく同業者の香りがする。

「いつもと同じですよ」

常連客にそっけなくするわけにはいかず、愛想笑いを浮かべて無難に答える。

梢はすでによその店で数杯酒をあおってきたのか、頬《ほお》をピンク色に染めてカウンターへ肘をついてきた。

「ねえ、界くん彼女いるの？」

無遠慮《ぶえんりょ》な問いに、界はそっとため息をつく。

「恋愛する資格ないんですよ、オレ」

「またまたぁー」

軽く流されてしまう。

いつもの界であれば、自分の言ったことなどさらりと忘れてしまえただろう。けれども今日は、なぜか引っ掛かった。

恋愛する資格――問題のない一般的な家庭に育ったであろう彼女と界では、生きている世界が違うのではないか。

裏付けるみたいに、昼間の不良たちの声が脳裏《のうり》に響く。

――『お前の居場所は本当はあっちなんじゃねぇの』

居場所。

オレの居場所は――。

なんだか息まで苦しい気がする。頭が重い。内側から金づちで叩かれているようだ。

仕事中はなんとか気力で保たせたものの、限界はまもなくやってきた。

ふらふらになりながらコンビニで弁当を買ったはいいが、マンションの戸を開けたところで足がもつれる。

ソファーへ転がるなり、界の意識はぷっつりと途切れた。

○☆○

翌朝、羽花は教卓の目の前の席で背筋を伸ばして座し、一心に教室の前扉を見つめていた。

界が来ない。

「遅いね。ねぼうかな」

左隣の友哉が軽く声をかけてくる。左手にスマホを持ち、メッセージ画面を開いている。界へ送るのだろう。

そうこうしているうちに担任がやってきて、ホームルームが始まった。

やはり、レモン色の頭は現れない。

授業が始まっても、移動教室へ向かっても、昼休みになっても界は来なかった。今日は一日扉の外ばかり気にしていて、授業に集中できなかった。

「界、休みみたいだね」

「うん……」

「既読《きどく》もつかない。寝てんのかな」

起きているなら友哉のメッセージをスルーするとは思えない。

かといって、朝から授業が終わるまでの時間ずっと寝ているなんてあるだろうか。

(もしかして……具合が悪いとか?)

頬がこわばった。

高熱にうなされたり、激しく咳《せ》き込んだりしている姿がよぎる。

心配でいても立ってもいられなくなった。そそくさとその場を離れる。

羽花の足は、秘密の場所へと向かった。

もちろんそこにも界の姿はない。

——今さらながら気づく。ここは薄暗くて埃臭《ほこりくさ》くて陰鬱《いんうつ》な場所だ。足を踏み入れるのが憚《はばか》られる。彼がいないだけで世界がまるで一変してしまった。

怖々《こわごわ》と倉庫の中を歩み、彼がいつも寝そべっている辺りへ屈みこむ。棚《たな》にはティッシュやタオル、漫画といった彼の私物らしきものが雑然とつめ込まれている。

その中に、見覚えのある手帳があった。

（生徒手帳……）

思わず手に取り、厚いビニールの表紙をめくる。

一ページ目には能面のような目を正面に向け、かすかに首を傾《かし》げる界の証明写真が貼られていた。その下には住所が印字されている。

（どうしてるかな）

不安で唇をきゅっと噛《か》みしめる。

けれども、もし体調不良で寝込んでいるのだとしたら、界こそが不安で心細いはずだ。

（……そういえば三浦くん、昨日なんか変だった？）

上級生らに絡まれたときの彼の反応に、何かが引っ掛かったのだ。

真っ青になってカバンの肩ひもを握りしめた。

開けっ放しの扉から風が吹き込んできて、何か軽いものが棚から落ちる。こつんと羽花の足にぶつかって止まったのは、レモンソーダのペットボトルだった。

（三浦くん……！）

羽花は生徒手帳を手に、学校を飛び出した。

慣れない手つきでスマホの地図アプリを起動し、手帳に記載されていた住所を打ち込む。

(行けない距離じゃない)

自転車へまたがり、足に力を入れる。

緩《ゆる》やかな上り坂が延々と続いたと思えば、急こう配の下り坂が現れ、下りきった先には
また上り坂――しかも、折からの逆風を正面から受けて、ペダルが鉛《なまり》のごとく重くなる。

それでも足は止まらない。

額に汗を滲《にじ》ませ、呼吸を荒く弾ませて、界のもとへ飛んでいく。

(この辺のはず)

アプリが示す辺りへ来ると、見た目の似た高層マンションがずらりと並んでいた。

彼の家は、マンションの一室らしい。

自転車を停め、生徒手帳を広げる。慎重にマンション名と整合させていくうち、ようや
く正解を見つけた。

(ここが三浦くんの家……)

エントランスの硝子《ガラス》ドアは指紋一つなく磨《みが》き上げられている。きょろきょろしながら近
づくと、音もせず滑らかにドアが開く。

緊張がさらに募《つの》り、不審者の足取りで中へ踏み込んだ。

（ええと、九階の……）

ちょうど一階で止まっていたエレベータに乗り込み、震える指で数字ボタンを押す。

ゆっくりと扉が閉まり、じわじわと上昇していくにつれて羽花の緊張も高まった。

『三浦』と表札がかかった扉を見つけ、胸に手を当て深呼吸をする。覚悟を決めてインターホンを鳴らした。

――反応は、ない。

しかし、留守ではない予感がしてならなかった。気が急《せ》いて再度強くボタンを押し直す。

（早く出て）

地団太《じだんだ》を踏みたくなった。

一秒が永遠に感じられるほど、もどかしい。しばらくして、ようやく薄く扉が開く。

想像以上にしんどそうな界がドアノブにつかまって立っていた。

「三浦くん！」

羽花の叫びに身体《からだ》を起こしかけた界は、ふらりと前方にたたらを踏み、扉から一、二歩まろび出てきた。

慌てて手を差し伸べる。支えようと思ったのだが、肩にうずまってきたレモン色の頭はずっしりと重い。

「えっ」

両手で彼を受けとめたはいいが、そのまま背後の壁へ背を押しつけ、外の廊下《ろうか》へずるずると倒れ込んでしまった。まるで床ドンされた体勢ではあるが、ドキドキしている場合ではない。触れ合う箇所《かしょ》から伝わってくる体温が……ものすごく熱い。

「三浦くん、三浦くんっ、しっかりして！」

肩をぐぐっと押すと、なんとか彼は身を起こしてくれた。おぼつかない足取りでリビングへ向かい、羽を絡ませ合う鳥のように折り重なってソファーへ倒れ込む。

「……」

界は力尽きて目を閉じ、ぐったりとしている。

（そうだ。熱を冷やすの、買ってきたんだった）

いそいそとカバンを開けて冷却シートを取り出し、レモン色の前髪をかきわけた。うっすらと汗ばんだ額が痛々しい。ハンカチでそっとぬぐってからシートを貼りつける。

「……大丈夫？」

返事はない。眠ってしまったようだ。

（何か掛けるもの……）

立ち上がり、部屋を見回した。

ダイニングの奥にはローテーブルを置いた部屋。奥にもまだ部屋がありそうだが、ドアで仕切られていて見えない。

(あんまり生活感がない……？)

寝室と思《おぼ》しき部屋のドアを開け、布団を見つけて戻ってくる。界に掛けてから、もう一度室内をよく観察した。

界が寝ているのはベッドに形を変えられるソファー。ダイニングテーブルには椅子《いす》が四脚備わっているが、中途半端に引かれた一脚を残して使われている形跡がない。

テーブルの上は綺麗《きれい》に片づき、コンビニの袋が一つだけひっそりと載っていた。

中身を確認する。入っていたのは手つかずの弁当だった。

「……」

とある予感に胸が騒ぎ、キッチンへ入る。めぼしい家電は炊飯器《すいはんき》と冷蔵庫しか置いていない。冷蔵庫を開けてみると、わずかな調味料とペットボトル数本……食材らしきものは見当たらなかった。

(何も食べてない？)

それでは、よくなるものもならない。

羽花は袖《そで》をまくってキッチンに立つ。もしものときを考えて、食材を買ってきてよかった。慣れた手際《てぎわ》でおかゆを作ることにする。

しばらくして、ソファーベッドの軋《きし》む音がした。

顔を上げると、界がむくりと上体を起こしたところだった。窓の外はいつの間にか闇に沈んでいる。

羽花は火を止め、彼の傍へ寄る。

先ほどよりも頬《ほお》の赤みが引いているのに少しほっとした。

「大丈夫?」

「……なんでお前がいるんだっけ?」

口を開くのもおっくうそうに界はつぶやいた。まだ熱が下がりきらず朦朧《もうろう》としているのだろう。

「三浦くんが学校に来なくて、心配になってしまいまして、それで……」

ポケットへ忍ばせてきた生徒手帳を差し出した。界の焦点がそこに合う。

「すみません、勝手に」

「いや、助かった。ありがと」

引かれるかもしれないと思っていたら、礼を言われた。

不意打ちはずるい。

浮かれる状況ではないと知りながら、胸が高鳴ってしまう。ごまかすように、礼などいらないと両手を振った。温めたご飯の香りがふわっと鼻孔《びこう》をかすめる。

「あ、キッチン勝手に借りました。さつまいものおかゆ作ったんです。食べますか？」

「うん。腹減った」

「よそいますね」

ぱたぱたとキッチンへ戻り、適当な器《うつわ》によそった。ついでに剝《む》いたリンゴも一緒に添えてテーブルへ置く。

（なんだかちょっと……照れくさい）

後片付けをするふりをしてキッチンに身体を半分隠し、手を合わせる彼の様子をじっとうかがった。

「いただきます」

少しでもお腹が満たされればいい。

「……食いづらい」

妙な視線に耐えられなくなったのか、界がレンゲを置く。慌てて羽花は駆け寄り、向かいの席に座る。

「お口に合いましたか？」

「美味（おい）しい」

やや無理やり言わせた感じはあるが、褒めてもらえた。口調からして、寝覚めのぼんやりしていたときと比べてだいぶ覚醒《かくせい》してきたようだ。

「よかった。……あの、家族の方はいつお帰りに」

部屋の状況からなんとなく察しはつくが、たずねてみた。

「……ああ、今、海外に行ってる」

「そうなんですね」

家族の不在時に体調を崩すなんて、きっと心細かっただろう。今後ももしこんなことがあったとしたら心配だ。

膝をぐっと握りしめる。ありったけの勇気を振り絞《しぼ》った。

「あの、またこんなふうに倒れたりしたら大変なので、あの……！　できれば連絡先、教えていただいてもいいですか」

しぶられたら落ち込んでしまう。けれども、界の返答は思いがけないものだった。

「やっと聞いた」

「え？」

「あーよかった。聞きたいと思ってたのオレだけじゃなかったわ」

（え、え⁇）

「スマホ貸して」

羽花の手からスマホを奪い、さくさくと操作し始める。驚くべき素早さで、界の連絡先が登録されていた。

「自分からは絶対送らなそうだな」

「送ります！」

彼の軽口にかぶせて声を張る。

「前言ってくれた私たちの関係、三浦くんが守る人で、私が守られる人。——それ、逆でもいいですよね」

願いがこぼれる。たとえそれが独りよがりの見果てぬ夢だったとしても。

「ほんのちょっとでもいい。三浦くん、どうか私を頼って」

感情が入り乱れたまなざしが羽花を貫く。

驚き、戸惑い、葛藤《かっとう》、自嘲《じちょう》、そして——高揚《こうよう》。

「……ああ」

ごく小さなかすれ声が界の喉奥《のどおく》からこぼれた。

受け入れてくれたことに胸が熱くなり、羽花は礼を述べる。

「ありがとう」

「お前、ほんとめんどくさいくらい、オレの異変に気づくよな」

「これからも駆けつけます」

噛《か》みしめながら告げると、界の口もとがふっとやわらぐ。

「……どこにいても？」

「はい」

必死になろう。

胸を張り、満面の笑みで堂々と述べた。

「知らなかったですか？　私も空飛べるんです」

大きな羽を広げて、しぶとく、あなたを追いかけていく。

彼はかすかに笑ったようだった。

「そうか」

「はい」

伝えたいことは伝えられた。界もだいぶ顔色がよくなってきた。

長居は無用だ。

「座っててくださいね」

手を挙げて制止し、食器をさっと片づける。

身支度《みじたく》を整え、玄関へ立った。去り際に気づいてカバンを開ける。

「あ、これ、今日の授業の分です」

ノートを取り出し、彼へ押しつける。それから、ぺこりと頭を下げた。

「じゃあ、私はそろそろ……」

黙ったままの界にほほえみを残し、扉から手を放した。ゆっくりと隔《へだ》てられていく二人の時間に後ろ髪を引かれながら、エレベータのボタンを押した。

すると、背後で再び扉の開く音がする。

「石森《いしもり》、明日の放課後、予定は？」

「え？」

振り向けば、界が焦った様子で半身を乗り出していた。

「今日のお礼させてくれ」

でも、と言葉を濁《にご》らせると、彼は軽やかに首を振る。

「だいぶよくなった。明日には治る」

清々しい声が頼もしい。

「本当ですか」

「ああ。行きたいとこあるか？」

「あります！」

思わず勢い込んで答えてしまった。すぐさま焦って両手をばたつかせる。

「で、でも、よくなったら、ですよ……？」

「わかった。じゃ、また明日」

自信満々に口にされると、本当にそうなりそうに思えてくる。

天にも昇る心地で界のマンションを出る。

自転車に乗る前に、スマホを取り出し画面をタップした。暗闇に浮かび上がったのは

──『三浦界』

登録されたばかりの名前を見つめ、頰を緩《ゆる》ませる。

(嬉しい)

夜の帳《とばり》をこじ開けて朝が来た気分だ。来たときとは打って変わり、弾む足取りでペダルを漕《こ》いで帰った。

○☆○

界が目を覚ますと、ブラインドが開いたままの窓からは陽が差し込んでいた。

いつの間にか朝になっていたらしい。

しばしぼんやりと天井を見上げていたが、額に違和感を覚えて手を当てた。ぷに、となまあたたかい素材に指が沈む。

眠気がすっと晴れ、上体を起こす。

背骨が軋《きし》むのは、長時間同じ体勢で眠りこけていたせいだろう。頭はすっきりしている。

冷却シートを剥《は》がしながら部屋を確認する。キッチンは綺麗《きれい》に片づけられていた。冷蔵庫を覗《のぞ》くと、一つだけラップのかかった器《うつわ》が入っている。取り出してみれば、おかゆだった。

自然と羽花の顔が思い出される。

彼女は朦朧《もうろう》としていた界のもとへ、ヒーローさながら現れた。

自分が守る人で彼女は守られる人だったはずなのに。いつの間に逆転していたのだろう。

「……」

背筋になんともいえないむずがゆさを覚える。

その感情がなんなのか知ってはいるが……、はっきりと答えを出してしまっていいのかわからなかった。

一日ぶりに学校へ行くと、早速どこからともなく女子生徒が湧いてくる。

「界ー、風邪《かぜ》だったんだって？　うちらが看病しに行ってあげる」

正面を向いたままそっけなくあしらった。

「いや、もう治ったし」

「やだー、今から行く」

ふと視線を感じて振り向く。昇降口の辺りに羽花がいた。視線が合ったはずだが、彼女はぱっと逸《そ》らして校舎へ吸い込まれていく。

追いかけようと足裏に力を入れたが、すんでのところで踏みとどまる。

——『お前の居場所は本当はあっちなんじゃねぇの』

——『こんなやつとつるんでると、痛い目にあうぞ』

うざい上級生らの揶揄《やゆ》する声が、いまだに耳の奥に残っていた。


おとといから胸に巣くう焦燥《しょうそう》感に追い打ちをかけたのは、友哉《ともや》だった。

「人気者の界が、石森ちゃんを不安にさせてるんじゃないの？」

昼下がりの屋上で、悟を交えた三人で過ごしていたところ、いきなりそんなふうに責められた。

「は？　オレのせいってこと」

「まあ、界はモテるからなぁ」

訳知り顔で悟が肩を叩いてくるが、友哉の言う意味はもっと深いところにあるようだ。

「お互い自分じゃない誰かがいいと勘違いしてるんだよね」

「え？　わかんない」

素直に首を傾《かし》げる悟はまったく悪くないのだが、かえってそれが憎たらしい。

——答えを出さなくては。

界が選ぼうとしている道は彼女にとって最善ではないかもしれない。それでも……。

○　☆　○

今日の放課後、羽花は界と約束している。

こちらの指定した待ち合わせ場所は観覧車の見える海際の遊歩道——去年の年末、初めて界と出会った場所だ。

朝からなんだかそわそわしていた。

午前中は時間が止まってしまったように過ぎるのが長く感じたものの、午後になってからは逆にあっという間だった。刻一刻と近づく待ち合わせ時間に、どうも自分は緊張しているらしかった。

反して界はというと、まだ本調子ではないのか一日寝ていた。話しかけるタイミングを計りかねているうち、時間がどんどん過ぎていってしまう。

帰りのホームルームが終わって、生徒たちのざわめきにようやく頭を起こしたと思ったら、今度は机に向かってペンを走らせ始めた。

何となく声を掛けづらくて、教室の後ろからロッカーの片づけをするふりをしながら見守っていた。

そこへ、廊下《ろうか》から女子生徒の甘い呼び声が割り入ってくる。

「界くん、一緒に帰ろ」

見れば、数人の派手めな女子たちが身を乗り出し、手を振っていた。

そういえば朝も、彼女らに囲まれていたのを目撃した。

胃がきゅっと締まった。口がへの字に曲がる。

だが、界は誘いをすげなく一刀両断した。

「今日、予定あるから無理」

「えー」

女子生徒たちは不満の声を上げるものの、界の取りつく島もない態度に肩を落とす。

「じゃあ、また今度ねー……」

しぶしぶといった体《てい》で帰っていく。

彼女らの背中に、羽花は思わず自分を重ねてしまった。

明日は我が身。

たまたま今回はお見舞いの礼として外で会う約束をしているだけであり、心を躍らせている場合ではない。

（やっぱり予定はキャンセルした方がいいかも）

そもそも病み上がりの彼を野外へ連れ出すなど、気づかいが足りなかったかもしれない。

無理やり理由をつけて、浮かれていた心を落ち着かせる。

両手を握りしめ、彼に歩み寄った。

「三浦くん、今日なんですけど――」

振り向きざまに界は何かをこちらへ差し出してきた。

受け取ってみれば、昨日貸したノートだった。

どうやら彼は放課後になって慌ててこれを写していたらしいと気づく。

先手を打たれて言葉が継げなくなっていると、界は立ち上がった。真意の読めない瞳で見下ろしてくる。

「お前、オレといつまでこう?」

「……え」

「卒業まで? このままでいると思ってる?」

(どうして急にそんなことを聞くの?)

まるで、つい先ほどまで分不相応にうきうきしていた羽花を戒《いまし》めるような質問だ。

意図がわからず、つまりがちの返事になってしまった。

「思って……ません……」

「うん、わかった」

彼はくるりと背を向けてしまう。どんな顔をしているのだろう。無造作《むぞうさ》にカバンをつかみ、教室を後にする。

「先、行ってるわ」

約束を反故《ほご》にしたいわけではないらしいが……いつもと違う雰囲気《ふんいき》に、羽花は戸惑いを隠せない。

(どういう意味だったんだろう。もしかして昨日、踏み込みすぎたとか……?)

迷惑がられたり、遠ざけたいと思われたりしたらどうしよう。

勘繰《かんぐ》りすぎかもしれないが、一度考え出すと、そうとしか思えなくなってくる。

(でも……困ったな)

あの日、生まれ変わった私はとてもしぶとくなった。

一番困ったことは、今さら何も諦められないことだ。


「羽花ちん帰ろー」

一人佇《たたず》んでいると、あゆみが声をかけてきた。

「あ、数学のノート。昨日板書写す前に消されちゃったんだよねー」

界から返されて胸に抱いたままだった。

「貸そうか?」

「いいの!?　助かるー。じゃ、そこ出たところで写させて」

あゆみはノートを手に持ったまま教室を出る。羽花も続くと、廊下で芹奈と合流した。

三人で昇降口前のガーデンテーブルを陣取る。

「そういえば羽花ちん、さっき界となんか話してた?」

「あ、うん、実は……」

二人には伝えてもいいだろう。この後会う約束をしているのだと打ち明ける。

「それ、デートじゃん」

目を丸くするあゆみに慌てて否定する。

「いや、三浦くんは、お礼だって」

「それがデートっていうんだよ」

しかし、反対側から芹奈の声がかぶさってきた。左右から「デートでしょ」「デートだよ」と挟まれ、羽花は陸《おか》に打ち上げられた魚のように口をぱくぱくさせた。

「まだ、自信持てない？」

改まった声で芹奈がたずねてくる。

「……みんなに囲まれてる三浦くん見ると、どうしても」

ほんの少し触れ合えただけで、もう一生生きていける気がする。それは今でも変わらない。

「三浦くんの近くにいられるだけで、満足。ずっとそう思ってきたんだけど」

（でも、何かが違う）

「話しかけてもらって、助けてもらって、それなのに私はずっとそのままで……」

もうそれだけじゃダメだってわかっているのに。

芹奈が核心をついてくる。

「羽花ちゃん、界の彼女になりたいって思い始めたんじゃないの？」

「……」

声に出したら、本当に望んでしまいそうで口をつぐむ。

すると、ノートをめくっていたあゆみが、ふと手を止めてつぶやいた。

「何これ」

持ち上げて、とあるページを指し示してくる。

端正な文字や数字が並ぶノートの空白に、丸っこい天使の羽が描かれている。そして、明らかに羽花のものではない筆致で一言、

『俺には石森が必要だ』

書いたのは……界以外にいない。

──『私も空飛べるんです』

弱っている界へ胸を張って告げた言葉がよみがえる。

胸の奥から熱いものがせりあがってくる。喉奥《のどおく》でさらに熱を増して、涙となって瞳に膜《まく》を張った。

気のせいかもしれない。自惚《うぬぼ》れているだけかもしれない。でも。

「ねぇ羽花ちん、もし、界に好きな人ができたとしたら、応援する？　できる？」

「……できないかもしれない」

「じゃあ、もしつき合えるならどうする？」

「――すごく嬉しい」

そんなの、夢のまた夢だと思ってた。

「うん。羽花ちん、何も遠慮《えんりょ》しなくていいんだよ。もっと欲張ってもいいんだよ。羽花ちんは自分が思うよりもずっと頑張ってる。だからもうちょっとほら、前に進もう」

あゆみの強い言葉に界の声が重なる。

――『もっと欲張れ。前に進め。もうお前の幸せは始まってる』

死んでいたも同然だったあの頃。

何も感じず、何も思わず、『変わりたい』という願いは遥か空の彼方《かなた》へ消えた。

誰も私のことを見ていない。もしくは憐《あわ》れみの目か。

「これ……」

苦しくて、悲しくて、ずっとこのままなのかと打ちひしがれていた私に手を差し伸べてくれたのは――ハニーレモンソーダの君。

探していたんだ。

君のことをずっと。


――無我夢中だった。

慌ただしくあゆみと芹奈に別れを告げ、羽花は自転車を漕《こ》いだ。いつの間にか立ち上がり、全力でペダルを踏んでいた。

(三浦くん……！)

日が沈んでいく。どんどん沈んでいく。待って。

額から汗が噴き出した。海沿いの遊歩道を散歩する老夫婦が仰天《ぎょうてん》してこちらを振り向く。

息が上がって、呼吸がうまくできない。口の中に血の味が広がる。

(三浦くん!!)

向こうに海が見えてきた。

観覧車を背景に立つレモン色の髪が夕陽を受けてきらきらと光っている。

「すみません……遅くなって……」

肩を激しく上下させながら自転車を飛び降りた。

界はまろやかな夕陽のような目をこちらへ向けている。

「大丈夫」

息が調わずぜいぜいしていると、界は橙色《だいだい》の海へ目をやった。

「ここで良かったのかよ」

「……ここに来たかったんです。もう一度」

私が生まれ変わったこの場所へ。

「案外似合ってただろ、その制服」

軽口めいて告げてくる事実に、胸が痺《しび》れた。

――『こっちが案外似合うんじゃねぇの』

あの日彼が告げてくれた言葉が、たった今聞いたように鮮やかに耳もとへよみがえる。

「覚えててくれたんですね……」

そうかもしれないと思いながら、聞けなかったことをようやく声にできた。

ゆっくりと彼は振り返る。ふっと目もとが優しく細まった。

「もしかしてあの日からオレは石森係になったのかもな」

羽花にとって運命の出会いだったあれは、界にとっても大切な日だったのだと言外に告げてくれる。

彼の言葉が、まっすぐな瞳が、羽花に大きな勇気をくれた。

目の奥が輝きに包まれる。瞬きをすれば、夕陽色をした涙があふれた。

「三浦くん……好きです」

想いが、こぼれる。

私は前に進む。もう、止まれない。

どうか聞いてほしい。私の気持ちを。

「好きです。三浦くんの彼女になりたいです」

(……言ってしまった)

羞恥《しゅうち》と不安が今さらこみあげてきて、両手で顔を覆《おお》う。

(でも大丈夫。終わりが来るわけじゃない)

界の指が羽花の手の甲へそっと触れてきた。結ばれた糸をほどくように優しく顔から外される。

真摯《しんし》なまなざしが羽花を射貫《いぬ》いた。

「オレも好きだ」

夢だ、これは。
だってこんなこと、現実に起こるはずがない。
夕陽をまとって艶《つや》めいた瞳が近づいてくる。二人の吐息が絡まり——唇が重なる。
水平線へ没する最後の一片の残光がひときわ大きく輝き、二人を丸く包み込んだ。

sparkle6

質問ノート

カーテンを開けた窓から朝日がさんさんと差し込む部屋の中、羽花《うか》は机の上に鏡を置き、覗《のぞ》き込む。

制服よし。髪型よし。

メイク道具は持っていないので、代わりにリップクリームを唇へたっぷりとのせる。

準備完了。

出発。

機械的な動きで自転車にまたがり、ペダルを漕《こ》ぎ始める。

(昨日、三浦《みうら》くんと……)

ありったけの想いを込めた羽花の告白に、彼はなんと応えてくれた。

言葉と行動の両方で。

「……っ！」

ガスコンロのスイッチを入れたように頭の中が一気に燃え上がる。

心がいっぱいで心臓が止まる寸前だ。

勢い余って転びそうになり、自転車から飛び降りる。

(平常心、平常心)

荒ぶる心を必死になだめ、鉄の塊《かたまり》を押しながらぎしぎしと足を動かす。

と、前方のブロック塀《べい》の前に界《かい》が立っている。羽花を見て、すっと右手を上げた。

「！」

呪文のごとく唱えてきた平常心はもろくも崩れ去った。ロボットよりもロボットらしく

規則的に両足を動かす。

(挨拶《あいさつ》、笑顔で！)

「お、おはよう」

引きつった唇からこぼれたのは妙に甲高《かんだか》い声だった。

「おはよう」

しかし界は、今までと変わらない。むしろ炭酸《たんさん》みが強いくらいだ。

「だ、誰か待ってるんですか？」

「……お前以外誰がいんだよ」

「――っ」

ずばりの指摘に腰が砕けそうになる。

こんな未来は想像もしていなかった。

学校について自転車を置くと、今度は驚くほど自然な所作《しょさ》で手を握られる。羽花はカチンコチンのまま校舎へ導かれた。

「あーっ！　手つないでるー！」

ただそこにいるだけで目立つ界だ。当然、行き交う生徒たちの注目を浴びてしまう。

「もはやただの友達には見えない」

「嘘嘘嘘嘘っ、嘘だよね？」

「ありえないんだけど！　石森《いしもり》ちゃんだよ？」

「全然釣り合ってないじゃん」

わらわらと湧いてきた野次馬たちは興味半分からかい半分ではやし立ててくる。

（釣り合ってない……）

わかっている。十分すぎるくらい知っている。

その上で羽花は前に進んだのだ。

でも、改めて外から指摘されると地味にへこんだ。

笑い飛ばすとか、ごまかすとか、いろいろ方法はあったはずなのに、口が動かない。

見かねた界がやけにはっきりした声で言い放つ。

「ただの友達じゃねーし。両想い。オレの彼女」

場はしん、と静まり返った。

握られていた手に力がこもる。

「行くぞ」

有無を言わせぬ手に引っ張られ、羽花は両足を慌てて交互に動かした。

集団へ背を向けた瞬間、ざわめきが爆発する。

「ええ――――⁉」

「えっ、は⁉」

「嘘でしょー！」

(い、言ってくれるんだ)

よどみない足取りで進んでいく界になんとかついていきながら、嬉しさと申し訳なさで胸がいっぱいになる。

動物園の珍獣さながら、あとからあとから見物人がやってきて道を塞《ふさ》ぐ。仕方なく二人の足は校舎裏へと向かった。人気《ひとけ》のなくなったところでようやく界の足が止まる。

こらえられず、羽花が口火を切る。

「――三浦くん、ごめんなさい」

「謝るなよ。嫌な思いしたのはお前だろ」

「……してない。してないです」

悪いのは、いまだに自信が持ちきれない私。

弱い自分を見せたくない。羽花にできるのは、精一杯の想いをぶつけるくらいだ。

「それより私、今、手がつなげて嬉しい。……私、三浦くんが好きです。もう、それを伝えられるだけでいい」

それでも、不安は隠しきれなかったらしい。

広い胸にふわりと抱き寄せられる。

「もう、大丈夫だから」

――彼の言葉に行動に、不安が全部吹き飛ばされていく。

(できればもう、離れたくない)

非現実的な願いが喉《のど》もとへせりあがる。

それでも、無情に授業開始を知らせるチャイムは鳴った。

「やべ、お前まで遅刻」

羽花を包んでいた熱が離れていく。ぬくもりの残滓《ざんし》を引き留めようと手を伸ばした。

「や、やだ」

気づけば界の袖《そで》をつかんでいた。

彼が大きく目を見開いたことで、はっと我に返る。

「ごめんなさい！」

手を放し、大げさに後ずさりをする。

焦っているのは羽花のはずなのに、界もなぜか口を押さえている。

「……いや、ちょっと待って。お前それわざとやってる？」

「え？」

「……いや、うん……相当かわいいから」

言いながら、目もとがぶわっと朱に染まる。そんな動揺《どうよう》した彼を見たのは初めてだった。

「え……あ……」

羽花にまでその羞恥《しゅうち》が伝播《でんぱ》して、うろたえてしまう。

今までと変わらない？　むしろ炭酸みが強い？

(ううん。とてもとても甘い)

目も髪も声も手も仕草も全部、どうしてこんなに大好きなんだろう——。

教室のど真ん中の界と、隅を生きてきた羽花。

立場が違うから、毎日必死だ。

二人で過ごすのが日課になりつつある昼下がりの備品倉庫の中、羽花は寝転ぶ界の横でしゃんと背筋を伸ばす。

「私、いつも三浦くんから助けてもらったり、与えてもらうことばっかりで」

「いいんだよ、それで」

「ダメなんです！　……私、三浦係になりたいんです」

もっと知りたい。

もっと求められたい。

すかさず一冊のノートを差し出した。

「こんなもの作ってきました！」

顔先へ押しつけられた界は薄目を開く。

マスキングテープで彩られ、ずらっと文字が並ぶ紙面を見て、その瞳に驚きの色が走った。

『三浦界くん
身長　百七十四センチ。
体重　六十二キロ。
誕生日　二月十七日。星座　水瓶座。血液型　O型。
Q　私服はどこで買いますか？
Q　好きな本は何ですか？
Q　好きなテレビ番組は何ですか？
Q　好きな食べ物は何ですか？』
羽花作成の界プロフィールと詳細な質問事項が書かれている。

「もしこれを、全部埋められたら、三浦くんに少し近づけるのではないかと……」

おずおずと彼の表情をうかがうと、無言で目を据《す》わらせていた。

「すみません、気持ち悪いですよね」

改めて顧《かえり》みると片想いのストーカーさながらだ。

どんよりと下を向く。

重苦しい沈黙が落ちた。

先に折れたのは界だった。

「……一日一個な」

顔をはね上げた羽花は、散歩と言われた犬のごとくはしゃいで食いつく。

「ありがとうございます！　じゃあ、あの、さっそく、今日の一問を！」

「何？」

「好きな季節は何ですか？」

記念すべき第一問は最も基本的にして無難と思われる質問にしてみた。

春かな？　でも、夏も捨てがたい。いや、もしかして秋⁉

目を爛々《らんらん》と輝かせる羽花を見て、界の眉《まゆ》は静かに下がる。

「……やっぱ教えない」

「なんでですかっ？　じゃあ、好きな髪型は？」

「教えない」

「好きな色。金色？」

「教えません」

「えー」

寝転んだ彼は完全にまぶたを閉ざした。

とはいえ、界はなんだかんだと面倒見がよいのだった。

律儀《りちぎ》に一日一個、羽花の質問を埋めていく。

『服はどこで買いますか?』

学校帰りに連れていかれた店は、レザーや天然素材を使い、機能性に優れたデザインの服が並んでいた。

「三浦くんがいっぱい……」

感激のあまり挙動不審に店内をうろつく羽花を、彼はほほえましげに眺めていた。

『好きな曲は何ですか?』

昼下がりの心地よい風が吹き込む倉庫で、界はイヤホンを片方羽花へ差し出した。

(あいみみ……)

コードが短いせいで、必然的に肩が重なるほど寄り添わないといけない。

「いい曲だろ」

「はい。大好きです」

流れてくるアップテンポな曲よりも、間近に感じる彼の息づかいの方が気になってならなかった。

『好きな食べ物は何ですか？』

「中華かな」

学校帰りに中華街へ寄り、界行きつけの店へ連れていかれる。雑然とした雰囲気《ふんいき》の小さな店内にわくわくが止まらない。

「何がおすすめですか？」

「もやしそばと餃子《ギョーザ》とチャーハン」

「わ、そんなに⁉」

油でてかったカウンターの上から次々と注文した料理が降ってくる。面食らう羽花の横で、界は躊躇《ちゅうちょ》なくそれらを平らげていく。

「すごい食べる」

『嫌いな科目は何ですか？』

「数学」

「私得意です！　教えます。六十点目指しましょ？」

テスト前の図書室で、問題に取り組んでいると界は途中で頭を抱えてしまう。

勉強は羽花が優位に立てる数少ないコンテンツだ。ここぞとばかり熱心に解法を教えていく。

結果——百点の羽花に対し、界は六十四点。

「やったぁ！」

共に前回よりもかなりの記録更新だった。


『好きなお弁当のおかずは何ですか？』

気分を変えて、屋上で二人昼食をとる。

張り切ってぎゅうぎゅうに詰めた弁当箱の中から界の箸《はし》が真っ先に摘《つ》まみ上げたのは、

「卵焼きうまっ！」

甘さ控えめに作って正解だった。


『好きな飲み物は何ですか？』

カフェのテラス席に向かい合って各々《おのおの》メニュー表を広げる。

「知ってます」

「じゃあ、せーので言うか」

「せーの！　レモンソーダ」

「フロート」

界の元へは黄色い炭酸飲料の上に真っ白なアイスがのったドリンクが運ばれてくる。

「えー、ずるーい」

何ものっていない自分のレモンソーダと見比べ、唇を尖らせた。

でも、一口すると、喉《のど》の奥で爽《さわ》やかに泡《あわ》が弾け、やはり頬《ほお》がほころんでしまう。

「レモンソーダ、小さい頃お父さんから禁止されてたんです」

「……喉が痛くなるからとかか？」

その通りである。羽花の両親は少々過保護だった。

「でも、隠れて飲んだらすごくおいしくて、大好きになって。なんか、三浦くんのこと言ってるみたい」

『特技は何ですか？』

界は答えず、羽花へ寄りかかってきた。

緊張で肩をこわばらせながら、ぎこちなく彼を見る。すでにまぶたを閉ざし、まどろんでいた。

（……どこでも寝れちゃう？）

枕に徹しなければと動きを止めているうち、羽花も睡魔に引っ張られていった……。

『二人だけの合図は？』

羽花は頭の上へ両手を掲げ、花を咲かせるポーズをとる。

「なんだよそれ」

「レモン、です」

「却下《きゃっか》」

「じゃあ……他にいい案ありますか……？」

上目づかいでたずねると、界はレモン色の髪をがりがりと掻《か》く。

「……もういいわ、それで」

適当にあしらわれたと思ったが、授業中界が突然羽花の方を向くや否や、すっと手をレモンの形にしてみせた。

「……っ」

すかさず羽花もレモンを返す。

逆隣の友哉《ともや》の忍び笑いが聞こえた。

(これが三浦くんをつくってきたもの、人、環境……)

ひとつひとつに心が動く。

慣れるどころか、前より増して欲張りになる。

彼に出会ってから、毎日新しい気持ちに出会う。

(こんな私、知らなかった)

いいことばかりで幸せで、幸せで——少し怖いくらいだった。

季節は巡り、冬がやってくる。

水色の空は隅々まで掃《は》き清めたように澄んだ光をとどめている。

放課後に立ち寄った思い出の場所で海を眺めながら、羽花は白いケーキ箱を開く。

中にはカラフルでかさの高いマカロンが並んでいた。

「どうぞ」

上はピンク色、下は黄緑色のマカロンで、ハンバーガー状にこれまたカラフルな層をつくる白、黄色、チョコレート色のクリームを挟んでいる。

初めて見るスイーツに目を白黒させながら、界は端っこを一口かじった。

「これ、何?」

声の調子から不評がわかる。彼には甘すぎたのだろう。

「トゥンカロンです」

「お前の好きなものじゃねぇかよ」

「どうしても食べたかったもので」

SNS上で映えるスイーツとしてよく見かけるので、一度は食べてみたかったのだ。恋人と一緒に。

界はため息をつきつつも呆《あき》れたわけではないようだ。口もとは穏やかに弧を描いている。

唇をぬぐった手が、羽花の質問ノートを取り上げた。さりげなくめくり、苦笑が漏《も》れる。

「まだこんなにあんのかよ」

「一日一個、三百六十五個で一年。それだけ三浦くんと一緒にいたってことになります」

「……お前、ほんとオレのこと好きだな」

(ぐうの音《ね》も出ません……)

ピンク色のクリームの甘さが喉につまる。

「よくこれだけ質問考えたよな」
ぱらぱらと紙がめくられるたび小さな風が起こる。
と、界の手が止まった。
さっきまでキンとした輝きを放っていた空に薄雲がかかり、ノートの上へ影をつくる。
『家族構成は？』
界の口もとがきゅっと引き結ばれた。
それは春頃よく見た、他者を寄せつけない彼の横顔だった。

界はふと無邪気に笑ったかと思えば、ふと何かを考え込んで、ふと冷たい目をする。
そして、目を離した隙《すき》にふといなくなる。
翌日の彼は、まさにそんな感じだった。
昼休み、案《あん》の定《じょう》姿を消したため、姿を探していつもの備品倉庫へたどり着く。
「失礼します」
重い扉を開けて足を踏み入れる。
返事はない。

界は棚《たな》に寄りかかって頬杖をつき、ぼんやりとしていた。

「これ、よかったら……」

弁当入りのトートバッグを差し出しかける。かぶせるように彼は告げてきた。

「今日はいいや。いらない」

見たところ食事をとった気配はない。

しかし、強気の言葉でそれを責められる雰囲気《ふんいき》ではなかった。彼はどこか戸惑ったふうに視線を左右へ動かしている。

(引かれた?)

当然だろう。自分でも引くほど界に近づきたいと願っているから。

(だって、何も知らない)

「……もしかして、迷惑でしたか」

「ん、別に」

「あ! あの、そういえば今日、放課後、あゆみちゃんたちと、クリスマスパーティーの計画しようって……」

「あー、今日は用事あるから。悪い」

心を見せない無表情を横へ向ける。完全なる拒絶だ。

（……でも）

人目を忍んでどこかへ消えた界は、ふと悲しい表情をする。

（いろんな表情の理由を……知りたい）

諦めない。

自分からは話してくれないのなら、私が見つけなきゃ。

○☆○

放課後のカフェでは、羽花と界をのぞいた四人組——あゆみ、芹奈《せりな》、悟《さとる》、友哉がテーブルを囲んでいた。

「なんか最近さ、羽花ちんと界、気まずくない？」

切り出したのはあゆみだ。悟がすぐさま賛同する。

「やっぱりそう思ってた？」

「ケンカしてるとかじゃないっぽいんだけど、なんかこう、見えない壁があるというか」

「そうなの？」

一人だけクラスの違う芹奈はぴんと来ないらしく、興味深げに相槌《あいづち》を打つ。

腕を組んだ悟が何かを思い出すふうに宙へ目をやった。

「界ってさ、元から何考えてるのかわかんないとこあるじゃん。中三のとき、いきなり金髪にしてきたときもさ」

「ああ、誰が訊いても……」

『なんでもない』

あゆみと悟の声がハモる。界の口ぐせだ。無表情で言ってのけるのだ。

隣で芹奈もうんうん、とうなずく。

「あれはびっくりしたわ」

「深入りしようとすると嫌がるからなぁ」

なんでもなくねぇじゃん、としつこくたずねた悟を、界は額に青筋を立てて「めんどくせぇ」と切り捨てたのだった。

「全然心が見えなくて、怖いときあるよね」

「羽花ちゃん、大丈夫かな」

女子二人は眉《まゆ》をひそめる。

心配だが、原因は界の性格だ。外野が口を出したところでそうそう変わらないだろう。

「よし、じゃあ、界誘ってクリスマスの買い出しでも行きますか」

行きづまった雰囲気に耐えられなくなった悟がずばんと立ち上がり、明るく提案をする。

「たまにはいいことというじゃん、悟」

「たまにはって何だよー」

瞬く間にテーブルは笑いに包まれた。ムードメーカーの悟を見つめるあゆみの眼には軽口とは裏腹、愛情があふれている。

ただ一人、友哉だけが一言もしゃべらず思案にふける面持《おもも》ちで頬杖《ほおづえ》をついていた。


後日、悟が界を誘い、羽花とあゆみの四人で駅前のショッピングモールへやってきた。残念ながら友哉と芹奈は来られなかったが、残りのメンバーで張り切って買い物をする。

「やっぱサンタ帽子とトナカイの角《つの》は必須《ひっす》でしょー」

「羽花ちん、なんかある？」

「あの、電飾みたいなのをみんなで持つのはどうでしょう」

「え、もしかしてサイリウムのこと？」

和《なご》やかな時間の経過と共に、手荷物は膨らんでいく。

「プレゼント交換しよーぜ、ひとり千円以内」

「楽しそう！」

悟とあゆみの提案に羽花もはしゃいで手を挙げかけたとき、向こうからきた大人の女性がこちらへ目を留める。

「界くん？」

「あ」

買い物中ずっと黙ったままだった界がすっと進み出た。羽花たちへ背を向け、少し離れたところに立つ。

「びっくりしたー。まさかこんなところで会うなんて」

「偶然ですね」

「このあとお店入ってる？」

「はい、これから行くところです」

「じゃあ、会いにいくね！」

買い物客たちの喧騒《けんそう》に紛《まぎ》れて、二人の会話は切れ切れにしか聞こえない。

残された三人は困惑して彼らを遠巻きに眺めていた。

向かい合う女性は界よりずっと年上に見える。緩《ゆる》やかなウェーブを巻いた長い髪に、値段の高そうな真っ白のコートを羽織《はお》り、くっきりとしたアイメイクに真っ赤な口紅を差し、親しげに界の肩や腕にふれながら話をしている。

対する界の横顔もよそ行きの微笑を張りつけた大人びたものだ。羽花も、悟もあゆみも見たことがない表情だった。

「じゃあ、あとでね」

ひらひらと手を振って女性が去っていく。

真っ先に我に返ったのはあゆみだった。

「誰?」

頬を赤らめ、界へ猛然と突進していく。しかし、彼はそっけなく目を逸《そ》らした。

「なんでもない」

「なんでもなくないでしょ」

「なんでもないって言ってんだろ」

「羽花ちんに説明しなよ!」

ヒートアップしていくあゆみとは逆に、界の声は温度を失った。

「お前には関係ない」

「カッコつけんな!」

あゆみの一喝《いっかつ》に、買い物客たちがざわ……と沸いた。皆足を止め、怪訝《けげん》なまなざしをこちらへ注いでいる。

「とりあえず、移動しよっか」

押し黙りにらみ合う二者のあいだへ悟が割って入り、場を収める。

その日は流れでそのまま解散となってしまった。


界はバイト先のカラオケバーへ向かい、約束通り梢《こずえ》の相手をした。

夜も更けてから自宅のマンションへ帰ってくる。

エントランスの前に誰かが屈み込んでいる――と思ったら、制服姿の悟だった。

「よ」

「おう」

コンビニの袋を持つ手に自然と力がこもる。何を言われるのか身構えてしまう自分がいた。

「昼間のこと、あゆは悪気があったわけじゃないよ」

「わかってる。もういいか?」

深入りされたくない。

あからさまに会話を拒絶して背を向ける。エントランスの自動ドアが音もなく開き、躊《ちゅう》躇《ちょ》なくそこへ足を踏み入れる。

「界ー、どうしちゃったんだよ」

弱り果てた悟の声は、閉まっていくガラス戸に遮《さえぎ》られて語尾の方がくぐもって届く。

「みんな、お前のことが好きなだけなんだよ」

悲痛な叫びは、シャットアウトされた向こうの世界でむなしく響く。

コンビニの袋がまるで共鳴するように、ぐしゃぐしゃと鳴った。

エレベータのボタンを叩き、乱暴に自宅の鍵《かぎ》を回す。部屋へ入るなり弁当を投げ捨てた。

プラスチックがむなしく転がり、しんと静寂が落ちる。

……完全な八つ当たりだった。

そびやかしていた肩ががっくりと落ちる。

明日、あゆみと悟に謝ろう。

羽花には……、まだ言葉が見つからない。


翌日、朝のうちに界は行動へ移した。

教室の席につくあゆみのもとへまっすぐ向かう。

彼女の瞳は戸惑いの色を秘めて揺れている。先に界から口を開いた。

「悪かった」

「あたしも……ごめん」

隣の席の悟が安堵《あんど》の息をつく声が聞こえた。

前方からの羽花のひたむきな視線も背に刺さる。だが、それにはまだ応える勇気がなくて気づかぬふりをした。

しかし、うまく演技しきれていなかったのだろう。

無視されていると気づいた羽花はうつむき、音もなく教室を出ていった。

空《から》になった席を見たとたん、心臓を抉《えぐ》られるような痛みが走る。

――オレの居場所は……。

制服の上からぐっと左胸を押さえた。

sparkle7

天使の羽

学校帰り、羽花《うか》は友哉《ともや》を追いかけた。

「待ってください、高嶺《たかみね》くん！」

海沿いの陸橋《りっきょう》を歩いていた彼はゆったりと振り返る。羽花が呼び止めるのをあらかじめ知っていたみたいな顔をしていた。

「どうしたの」

息を切って駆け寄り、隣に並ぶ。

呼吸を調えてから切り出した。

「あの、高嶺くんから見て、私、三浦《みうら》くんに変なことしましたか？」

もしかしたら友哉ならばと一縷《いちる》の望みをかけていたが、あっさりと首を横へ振られてしまった。

「オレはよくわからないかな」

「そうですよね」

羽花は両手をだらりと下げる。うつろな目を海へ向けた。

「もし……石森《いしもり》ちゃんがこの学校を受験してなくて、界《かい》に会うこともなかったら、石森ちゃんの毎日はどんなだっただろうね」

「え？」

顔を上げる。友哉は見たこともない仄暗《ほのぐら》い目をしていた。

「二人が一緒にいることで、起こらなくていい問題が起こってるとしたら……本当に、一緒にいていいのかな？」

（どう受け止めればいいんだろう）

そのまま？　羽花がこの学校へ来たことは間違っている？

不安が胸に迫る。

心臓が嫌なふうに撥《は》ね、口から飛び出してきそうだ。

――でも。

誰が何と言おうとも。

（私はもう、ここでなくては）

涙の膜《まく》が浮かんで視界が歪む。想いがこぼれないよう、キッと上を向いた。

「一緒にいたい。もし、三浦くんのこと何か知ってるなら教えてください」

「あいつは嫌がるかもしれないよ。二人の関係が変わってしまうかもしれない」

「それでも、教えてほしい」

ためらいなく言い切る。すると、友哉がくすっと口もとをほころばせた。

「……なんであいつが石森ちゃんに魅《ひ》かれたか、わかる気がする」

いつの間にか見知った爽《さわ》やかな微笑に戻っている。友哉はカバンの中からスマホを取り出し、界のアルバイト先を教えてくれたのだった。


羽花は日の落ちた伊勢《いせ》山町《やまちょう》へやってきた。

(働いてるのなんて知らなかった)

手の内にあるスマホには、友哉が送ってくれた地図が表示されている。手元と街並みを
交互に眺めながら目的地へ向かう。

この商店街には大きな書店があって、両親と共に昼間来たことがある。しかしながら、夜の風景はがらりと違って見えた。あちこちから外国語が聞こえ、立ち並ぶ飲食店の軒先《のきさき》ではネオンがぬらついた光を放っている。まるで異国へやってきたみたいだ。

（ここかな？）

地図が示す場所は、例に漏《も》れず水商売の雰囲気《ふんいき》が色濃く漂う雑居ビルだった。目的の店は地下一階にあるらしい。看板には『カラオケ』とあるが、羽花の知っているカラオケ店とは趣《おもむき》が異なる。

階段を一歩下りるたび、引き返せない泥沼に踏み込むような恐怖がこみ上げた。

ごくりと唾《つば》をのみ込んで、怖気《おじけ》づく足を叱咤《しった》する。

渾身《こんしん》の力を振り絞《しぼ》り、カラオケバーの扉を開けた。

とたん、ぐわんと耳鳴りするほどの大音量の曲が流れる。気持ちよさそうに歌う女声が響いてきた。

床も壁も天井も真紅に彩られた店内には、カウンターに向き合う形で三つのボックス席が並び、レザー調のソファーではほろ酔いの客たちが歌ったり飲んだりして盛り上がっている。カウンターの奥でグラスを拭いていた店員がふと気づき、声をかけてくる。

「いらっしゃいませ」

バーテンダーの制服姿の男性は、界だった。

無機質な瞳が見る間に大きく開かれる。

「……なんで」

ちょうど一曲を歌い終えたらしい長髪の女性が、マイクを持ったままカウンター席へしなだれかかる。

「界くん、おかわり」

「あ、はい」

上の空で返事をする界の視線をたどり、女性がアイメイクばっちりの目をこちらへ向ける。

（あのときの……！）

ショッピングモールで界に親しげに話しかけてきた人だ。彼女は酒が入っているのか、マイク越しにはしゃいだ声を上げる。

「あれ。あれあれあれ？　もしかして、界くんの彼女⁉」

テンション高めに絡まれ、羽花は緊張のあまり身体《からだ》を小さくする。

女性はふふんと鼻を鳴らすと、挑発的なまなざしをした。カウンター内の界の腕をつかみ、豊満な胸へ抱きしめる。

「でも残念、界くんは私のもの～」

「ちょっとすみません」

界はわずかに声を荒らげ腕を引き抜いた。耳に入れていたインカムを乱暴に抜き取り、カウンターへ投げ置く。

つかつかとこちらへやってきて強い力で羽花の左腕をつかんだ。

「来い、石森」

激しい足取りが、彼の怒りを表している。

階段を上り切ったところで、エレベータホールの壁際へ押しつけられた。

赤いネオンを照らした鋭い眼光が羽花をつらぬく。

「なにこんなところまで来てるんだよ」

負けじと羽花もにらみ返す。

「どうして秘密にしてるんですか？　悪いことしてるわけじゃないのに」

彼は踏み込まれないと自分のことを言わない。

いや、踏み込まれても言わない人だ。

そうなった理由が何かあるのかもしれない。

「お前が来るようなところじゃないんだから」

「言ってくれなきゃ何もわかりません」

「わかっただろ、オレの世界は本当はこっちなんだって」

けんもほろろに突き放される。だけど、羽花はまだ食い下がった。

「どんな世界であろうと、三浦くんのことを知りたいって思うのはダメですか？」

界の視線が逸《そ》らされた。宙を見据え、かすれ声を出す。

「……もうお前、これ以上、強くなるな」

（どうして？）

もしも苦しんでいるのなら、手を差し伸べたい。あの日、彼がそうしてくれたように。

（守りたい、この手で）

願いはそれだけだ。

ただ、好きなだけで――。

「私、三浦くんの彼女なんですよね？」

「……もう帰れ」

それでも界には届かない。背を向け、階段を下っていく。

「三浦くん！」

闇に溶けるように彼の姿は見えなくなった。


自分のしつこさは自覚している。

頑《かたく》なに界が答えないのは羽花に引いているせいもあるのかもしれない。

(答えにくくさせてるのかも)

登校中、頭の中で質問ノートをめくる。

あの中に答えづらい質問があったとか……?

(これからもずっと、大事なことも強要しないと教えてもらえないのかな)

胸がちくちく痛む。

羽花は界に出会って変わった。けれども界は、羽花と出会って何か変わったのか。

彼は余計なことは言わない性格なのだと、友人らが口を揃えて言っていた。だとしても。

(余計なことなんて、何一つないよ……)


昼休み、やはりさっと姿を消してしまった界を追って、羽花は備品倉庫へと向かう。

「……え」

扉には、大きな文字で貼り紙がなされていた。

『立入禁止』

(え、どうして……?)

昨日までは普通に使えた。何があったのだろう。

動揺《どうよう》して視線をさまよわせる。

こつこつと硬い足音が後ろから聞こえてきた。

髪を振り乱してそちらを向く。

そこにいたのは、男性教師だった。茫然《ぼうぜん》と佇《たたず》む羽花を見ていぶかしげに首を傾《かし》げる。

「石森か。どうした？」

「あの、先生、これは」

教師は得心したふうにうなずいた。

「不審者が出入りしてる痕跡があるって報告があったんだよ、三浦から」

(三浦くんが……⁉)

まさか、羽花を遠ざけるためだろうか。

(そうとしか……思えない)

冷たく閉ざされた倉庫の扉が、二人のあいだに立ちふさがる壊せない壁のように感じられる。

「まぁ、一通り点検して大丈夫そうなんだけど、念のためな」

手に持つ出席簿で肩を叩きながら、教師は去っていく。

静かな廊下《ろうか》に羽花はぽつんと残された。

(……近づいて、近づいて、また離れていく)

ここは界の秘密の場所だった。

自ら居場所をなくした彼は、今どこで何を考えているのだろう。

他に界が行きそうな場所は――。

ふらつく羽花の足は、自然と屋上へ続く階段を上っていた。

空と地上を隔《へだ》てる重い扉を押し開ける。

一面真っ白の雲に覆《おお》われた空をバックに、手すりに寄りかかってぼんやりと立つ界がいた。

闖入者《ちんにゅうしゃ》に気づいても目の色一つ変えない。ただ、何者をも拒絶するオーラをまとっていた。

それでも、羽花は一歩踏み込む。

「あの、倉庫が入れなくなってて……」

「……」

「他に寝る所、見つけたんですか?」

「……」

突き放す無言に怯《ひる》みそうになるが、羽花はまなじりに力を込めた。

「三浦くん」

さすがに逃れられないと思ったのか、ようやく瞳がこちらを向く。

「石森、オレがどういう人間か言ってみろ」

平坦な声でたずねてくる。

私が知っている三浦くんは──、

「責任感があって、面倒見がよくて、かっこよくて、優しくて、強い……」

「そう信じて崇《あが》めてるお前見ると」

界の細い眉《まゆ》が寄る。真夜中の月のごとく寂しげな色が瞳に浮かんだ。

「たまに苦しくなる」

初めてさらけ出された彼の弱さに胸の奥が軋《きし》んだ。

苦い血の塊《かたまり》が喉《のど》へせりあがってくるような感覚がして、唇を震わせる。

「あと、何かを抱えていて……繊細《せんさい》」

向き合う彼の瞳に稲妻《いなずま》が走った。が、その大きな手がすぐに蓋《ふた》をして隠してしまう。顔を覆《おお》った手のひらの向こうからくぐもった声が漏《も》れる。

「もうお前、あんまオレの心に入ってくんな」

おぼつかない足取りで、彼は校舎へ姿を消す。

最後に見えた背中はずいぶんと小さく感じられた。

彼が抱えているもの。

彼の悩み。苦しみ。弱さ。

すべてが羽花の胸に突き刺さる。

（……三浦くんは私がどんな人間か、たくさん見て教えてくれた）

だから今度は、羽花の番だ。

（しぶとく、あなたの心に触れにいく）


街中では朝から晩まで華やかなクリスマスソングが流れ、夕暮れになると色とりどりのイルミネーションが煌《きら》めいている。

光の洪水の中は、カップルや親子連れ、学生グループなどで賑《にぎ》わい、はしゃいだ声があちらこちらで上がっている。

今日はクリスマスイブ。

長かった二学期が退屈な終業式で締めくくられた後、羽花たちは約束通り集合して、クリスマスパーティーを開いた。

一ヶ月前から予約していたカラオケボックスのパーティールームには、入口に背の高さほどのクリスマスツリーが飾られ、赤、青、白の電飾が交互に光を放っている。室内の壁にもクリスマス仕様の飾りが吊るされ、足を踏み入れただけでわくわくする工夫《くふう》が施《ほどこ》されている。

「サンタがいい人挙手！」

「あたしトナカイのカチューシャつけたい」

「最初はやっぱりクリスマスソングだよね？　何入れる？」

「それより、ケーキは？　ケーキ」

芹奈《せりな》、あゆみ、友哉、悟の四人して場を明るく盛り上げてくれる。

ただ一人ここに来ていない界の存在をごまかすように。

皆の気づかいがわかるからこそ、しょんぼりしているわけにはいかない。

「ケーキ、切り分けますね」

明るく仲間に加わろうとする。けれども、どこかいびつな笑みを見て、あゆみが眉をひそめる。

「……羽花ちん」

形だけは整えて切れたケーキを配り終えてから、羽花はスマホを取り出し膝の上でこっそりと確認をする。

連絡は、ない。

指がアイコンをかすったのか、アルバムのアプリが立ち上がった。碧《あお》く煌《きら》めく海や、界と一緒に飲んだレモンソーダ、数学のテスト、胸躍るカラフルさのトゥンカロン——二人の笑顔を載せた思い出の写真がぎっしり並んでいる。

(必死で毎日追いかけてた)

たとえ界がいなくても、羽花は生きていけるだろう。

(でも、決して輝けない……!)

「ごめんなさい、みんな」

突然立ち上がった羽花の勢いに、八つの目が丸く見開かれる。

「私、どうしても——……」

○ ☆ ○

界の働くカラオケバーでも、今日は開店からずっとクリスマスソングが流れ続けていた。

　頭上ではミラーボールが回り、ディスコさながら賑わっている。客たちは頭にサンタ帽子を載せたり赤色の装《よそお》いを身にまとったりなど、華やかだ。

　その中で界は通常通り淡々とグラスを洗っていた。盛り上がる室内の空気に反して水が冷たく界の指先を刺す。

「界くん、今度ご飯行こうよ。御馳走《ごちそう》してあげる」

　カウンターごしに甘い声をかけてきたのは梢《こずえ》だ。星をかたどった大きなピアスをぎらつかせ、ほんのりと酔いの回ったまなざしを寄こしてくる。

「いや、大丈夫です」

「えー、じゃあ好きな食べ物なに？」

「じゃあ、の意味がわかりません」

「お願い！　教えて！」

　肩をすくめて両手を合わせ、拝んでくる。

　ごねられ続けるのが面倒くさくなり、投げやりに答えた。

「……トゥンカロン」

「あー、なんか聞いたことある。どんなやつだっけ」

　スマホを取り出し、グラスを持つ手と反対の手で操作を始めた。酔っているせいか利《き》き手ではない手だからか、うまく検索ができない模様だった。

代わりに界が自分のスマホで写真の共有アプリを立ち上げる。

羽花に差し出されて怖々と口へ運んだピンク色のトゥンカロンの写真が出てきた。

『三浦くん、四個も食べた！』

写真にはコメントがついている。

そんなに食べたのか。

最初は好きでも嫌いでもない味だった。甘くて甘くて甘いだけだったのを覚えている。咀嚼《そしやく》するごとに舌が甘さで痺《しび》れていき、それがだんだん病みつきになって……。

まるで羽花のような菓子だと思った。

「……」

画面には、様々な写真が並んでいる。

すべて羽花が上げたものだ。一枚一枚に日付とコメントをつけてきっちりと整理してある。

まばゆい光をたゆたわせる海を背景にした二人、通学中のピンナップ、スマホ画面を見つめる界の横顔……そのどの一コマでも、界は笑っていた。自分でも驚くほど自然に。

(あいつの笑顔が――眩《まぶ》しくて、苦しかった)

どんどん強くなっていく彼女を見て、自分の空虚な心の中にある弱さが怖くなった。

だが、それでも……もう手放せない。

あいつを守るのはオレでありたい。

「界くん？　どうした？」

炎燃え立つ瞳を上げる。梢は意表をつかれた様子で押し黙った。

「すみません。今日は上がらせてください」

界は決意を胸に、カラオケバーを出ていった。


パーティールームには、終了時間十分前を知らせるコールが入った。

当初予定していたメンバーが欠けた状態で今いち盛り上がり切れない中、それぞれが片づけを始めた。

そのとき、部屋の戸が大きく開かれる。

鼻を真っ赤にして息を切らした界が飛び込んできた。彼は寒気でにじむ涙をぬぐい、瞳をせわしなく巡らせた。

室内にいるのは四人。

羽花が——いない。

胸が凍りつくような衝撃を覚えた。

「石森は？」

菓子袋を回収していたあゆみがすっくと立ち上がる。

「これ以上羽花ちんを傷つけるなら、教えないよ」

界はくしゃりと顔をゆがめた。

「……ごめん。ごめん、みんな」

あまりに弱々しい声だった。四人は手を止める。全員の視線の中央で、界は身体《からだ》を一回り小さくした。

「ずっと自分のこと言えなかった。今日もなんか、参加しづらくて……逃げるみたいになって……」

心の吐露《とろ》に、一同は目をみはる。

それぞれがどう答えたらいいのか迷いをにじませ、その場には沈黙が下りた。

破ったのはまたしてもあゆみだった。芝居めいて大げさに肩を落とす。

「あーあ。界ってさ、肝心《かんじん》なときにヘタレだよね」

そうそう、と悟もウインクする。

「子どもの頃から変わってないね」

「羽花ちんはもう、愛想つかしてるかもしんないよ」

試す口ぶりにも界は揺るがない。

「それでも言わなきゃいけないことがあるんだ」

ふっと芹奈が唇を緩《ゆる》めた。

「羽花ちゃん、どうしても見たい場所があるんだって。それがどこなのか、私たちにはわからない」

でも界ならわかるんでしょう？

もの言いたげな瞳が向けられる。界はしっかりとうなずいた。

「界、俺の自転車使えよ」

小さな鍵《かぎ》が飛んできた。悟がにっと笑い親指を立てる。

ありがとう、みんな。

界の心の声は四人へ届いたようだった。

来たときと同じ勢いで界は部屋を飛び出していく。背中が見えなくなったところで、友哉がゆっくりと立ち上がった。

「じゃあ、オレたちも帰ろうか」

「そうだね」

芹奈もカバンを取り、友哉と連れ立って戸口へ向かう。

「えー、まだいいじゃん」

揃って先に出ていこうとする二人を悟がすねた口ぶりで止めた。しかし、友哉は真顔で問いかける。

「悟。悟はいつ勇気出すの」

「大事なものは、手を放しちゃダメだからね」

追い打ちをかけて芹奈も悟を言い含めてくる。

「え?」

「じゃあね」

ぽかんとしている悟を残し、二人もまた去っていった。

「あいつらが言ってたことって何?」

頭を掻《か》きながら振り返ると、あゆみの意味深な瞳が悟を見つめていた。常ならぬ空気が漂い、肌がちりっとする。

頰《ほお》をほのかに桃色へ染めたかと思えば、あゆみは目を伏せる。

「……もしあたしが、彼氏ができたっていったらどうする?」

「え？　絶対嫌なんだけど」

「……ほんと？」

「当たり前じゃん。あゆはオレのなんだから」

「オレの？」

「幼馴染《おさなじみ》」

あゆみの目から光が消える。

「……最悪。帰る」

乱暴に荷物をつかむ手を、悟は慌てて止めた。

「ごめん、嘘」

重なった手に力を込める。ありったけの想いを乗せて、大切な言葉を紡《つむ》いだ。

「幼稚園からオレの初恋はあゆだから」

見つめる双《ふた》つの瞳にみるみる涙の膜《まく》が盛り上がる。赤白青の電飾を映してきらきらと輝いた。

「あたしも……」

額をこつんと重ねて笑い合う。十一年越しの初恋がついに実った。

「この奇跡が、どうかあの二人にもおきますように──」

○☆○

羽花は思い出の遊歩道へやってきていた。

『ごめんなさい、みんな。私、どうしても行きたい場所がある』

カラオケボックスで突然立ち上がった羽花に、驚きに丸く見開かれた八つの目が向いた。

今日のクリスマス会は、最近うまくいっていない羽花と界を心配して企画してくれたものだった。さらに界が現れなかったことで、彼らは始終羽花を励《はげ》まそうと気づかってくれていた。

そんな友人たちに申し訳ない気持ちはある。

だが、いても立ってもいられなくなった。

界と過ごした思い出の写真を眺めるうち、想いが募《つの》って――。

『ごめんなさい！』

唖然《あぜん》とする一同へ深々と頭を下げ、羽花は部屋を飛び出したのだった。

一年前、界と出会ったときには解体されかけだったクリスマスツリーが、今は堂々と形をなして輝いている。

ツリーだけではない。テラスの柵《さく》には無数の電飾が巻きつけられ、宝石箱をひっくり返したような煌《きら》めきで満ちていた。

決められた時刻がくると、イルミネーションが色を変えて瞬き、光のショーを見せてくれるらしい。そのせいか、観覧車の近くにはいつもより人が多く、楽しげな話し声があふれていた。

たった一人でたたずんでいるのは羽花くらいかもしれない。

なんとなく申し訳なく、人気《ひとけ》を避けて海沿いを歩いた。

しんしんと寒さが耳や鼻先を刺す。

寒空の下でぐずぐずと思い悩んでいても何一つ解決しないのはわかっている。しかし、足は凍りついてしまったのか、この場から動けなかった。

(三浦くんと出会って、たくさんのことがあった)

彼は、暗く閉ざされた世界で身を小さくしていた羽花の扉を開き、明るい場所へ導いてくれた。

曇りのないまなざしで、まっすぐな言葉で、羽花を励ましてくれた。

彼がいるから私は生まれ変わった。

これからもいろんなことがあるだろう。それでも、勇気を出して羽ばたきたい。

(三浦くんと、一緒に……)

ばっと目の前に界が現れた。

「……石森!」

一瞬夢かと思って茫然《ぼうぜん》とする。

彼はこの寒さの中、額に玉の汗を結び、肩を激しく上下させていた。膝へ手を当て、ぜいぜいと息をつき、それでも強い光を宿すまなざしをまっすぐこちらへ向けている。

「カラオケに行ったんだけど、お前いなくて……」

探しにきてくれたのだろうか。

——いつも追いかけていたのは羽花だった。それが、今は追いかけてくれた。

胸の中で小さな光が弾ける。

あたたかさがじわりと沁《し》みだした。

「もし三浦くんが何かに苦しんでいるなら、待ってようって思ったんです」

界からもらった強さと優しさを、今、あなたへ。

「私は、三浦係だから」

透きとおる笑顔を浮かべる羽花に唾《つば》をのみこんだ界は、無言でノートを差し出した。

預けっぱなしになっていた質問ノートだった。開かれたページには空欄《くうらん》が彼の字で埋められている。


『家族構成』

母、三歳のときに死去。

父、中三の終わりに失踪《しっそう》。

現在一人暮らし。


「……っ」

言葉を失い、ノートをぎゅっと抱きしめる。

「黙っててごめん。本当のことを話して、もし受け止めてもらえなかったら……、また大切な人がいなくなってしまうって……。お前が、離れていくと思ったら、……言えなかった」

彼はうなだれて、小刻みに肩を震わせている。

「オレ……怖かったんだ」

弱々しい声に胸が抉《えぐ》られる。羽花は強いまなざしを彼へ注いだ。

「私はずっと三浦くんのそばにいますよ」

はっと顔を上げた界の目は赤らんでいた。羽花は重ねて熱く懇願《こんがん》する。

「心配させて。何もしなくていいって言わないで。私がいる意味がない」

(あなたを、守りたい)

強い願いがほとばしる。

「私、どうしても三浦くんに伝えたいことがある」

遮《さえぎ》って、界が言う。

「お前ほんと強くなったよ。お前を守ってるつもりで、いつの間にか守られてた」

なおも唇を開こうとする羽花を、強さを秘めた界の視線がとどめた。

「でもやっぱ、オレがお前を守りたい。……石森、オレは石森が好きだ」

……光が、こぼれる。

羽花の瞳に盛り上がった涙の珠が、イルミネーションを宿して赤く、青く煌《きら》めく。熱い光の雫《しずく》が上気した頬を濡らした。

喉奥《のどおく》がきつく締めつけられて、唇が震える。

彼はなおも羽花へ熱い心を伝えてくれた。

「時間かけて好きになったんだ。だいぶ本気だから」

想いがあふれだす。こぼれ落ちて……留めてはおけない。

「三浦くん、好きです。本当に大好きなんです」

「知ってるよ」

翼を広げた鳥のように大きな腕が羽花を包む。

好きな人がいる。恋をしている。

恐れるものなど——何もない。

「あの日、この場所で会ってからずっと、しぶとく踏み込んでくるやつが現れて、オレはその人を……」

きつい抱擁《ほうよう》が解け、二人は見つめ合う。

「羽花を愛してる」

「——私も」

どうかこの恋が永遠に続きますように。

熱い炎を孕《はら》んだ瞳が近づいてくる。まぶたを閉ざすと大粒の涙がこぼれて……濡れた唇に、しっとりと口づけが降ってきた。

遠くでわあ……と歓声が起こったと思ったら、色とりどりのイルミネーションがすべて消えた。次の瞬間、暗闇の中心に真っ白い光が丸く灯り、ぶわっと周囲へ広がっていく。
地上はあっという間に白一色の輝きの世界へ塗り替えられた。まるで天使が羽を広げたように。

……大好きだよ。

全部伝えるには何年かかるかな。一生無理かもしれないな。全然追いつかないんだ。だって三浦くんが、毎日好きにさせるから。

君が振りまくのはソーダばっかりじゃない。

シュワシュワいっぱい――ハートが弾ける。

どんなことが起きても、今日の思い出で生きてゆける。

レモン色の髪の、私の初恋の人。

※この作品はフィクションです。実在の人物・団体・事件などにはいっさい関係ありません。

集英社オレンジ文庫をお買い上げいただき、ありがとうございます。
ご意見・ご感想をお待ちしております。

● あて先
〒101-8050　東京都千代田区一ツ橋2-5-10
集英社オレンジ文庫編集部 気付
後白河安寿先生／村田真優先生

映画ノベライズ
ハニーレモンソーダ

集英社
オレンジ文庫

2021年6月23日　第1刷発行

著　者　後白河安寿
原　作　村田真優
脚　本　吉川菜美
発行者　北畠輝幸
発行所　株式会社集英社
〒101-8050東京都千代田区一ツ橋2-5-10
電話【編集部】03-3230-6352
【読者係】03-3230-6080
【販売部】03-3230-6393（書店専用）
印刷所　大日本印刷株式会社

ISBN 978-4-08-680395-3 C0193